전쟁의 소문 속에 살았다

전쟁의 소문 속에 살았다

여든 살 반전의 사상가가 회고하는 일본

쓰루미 슌스케 지음 김성민 옮김

글항아리

3 나만의 색인

4 쓰지 않은 말

7 미국, 그 안과 밖

•

일러두기
• 위첨자는 옮긴이 주다.

1

스크랩북

기억 속의 노인들

여든 살이 되었다. 어린 시절 길에서 보던 느린 걸음의 노인들이 떠오른다. 내 모습이 그들과 가까워지니 그 마음도 알 것 같다. 1840년대생인 그들이 페리 제독의 흑선을 처음 보았을 때 얼마나 놀랐을지.

그 속에 존 만지로가 있었다. 비록 만난 적은 없으나 내 기억 속에 유난히 또렷이 남아 있는 사람이다. 배를 타다 폭풍에 휘말려 휩쓸려간 무인도에서 미국 포경선에 구조되었을 때 그는 열네 살 소년이었다. 일본에 소학교가 생기기 전이라 학교를 다닌 적도 없고 영어를 따로 배운 적도 없었으므로, 구조된 그와 동료들은 오직 몸짓으로 허기를 표현해야 했다.

그 몸짓이 통했는지 포경선 사람들은 먼저 물을 마시게 한 후, 부드러운 음식을 아주 조금씩 먹게 했다. 어린 만지로는 감질나는 마음에 그들이 쩨쩨해 보였다. 그러나 그것이 심하게 허기진 자신들에 대한 배려였음을 깨닫자 선장에게 고마움을 느꼈다. 선장은 진중하게 뱃일을 돕는 이 열네 살 소년을 눈여겨보았고, 오랜 항해가 끝나자 미국 동부에 있는 자신의 집으로 데려갔다.

선장 횟필드는 자신이 다니던 교회의 목사가 유색인종을 받아들이지 않자 여러 교회를 전전했다. 마침내 만지로를 맞아주는 교회를 찾아냈고 그곳에 온 가족이 함께 정착했다. 이 경험은 만지로에게 강렬한 인상을 남긴다. 훗날 일본에서 보낸 편지에서 만지로는 선장을 '존경하는 친구여'라고 불렀다. 생명의 은인에게 이런 표현을 쓴 것은 무릎을 꿇고 감사를 표하는 일이 선장에게 어울리지 않는다는 것을 알기 때문이었다. 만지로는 그렇게 온몸으로 평등이라는 이상을 배웠다.

만지로는 미시간주 페어헤이븐에서 학교를 다니며 통제조 기술을 배웠다. 이때부터 그는 귀국길을 계획했다. 큰 배를 타고 잡일로 돈을 벌어 작은 보트를 산 후, 일본 근해에서 그 보트를 내려 갈아타고 돌아오는 계획이었다.

만지로는 국가의 방향을 전환시킨 인물이었다. 이런 개인이 쇄국 시대의 일본, 즉 메이지 국가 성립 이전에 출현했다는 사실은 에도 시대 말기의 일본인들에게 다가올 미래의 크기를 보여주는 것이기도 했다. 1905년 이전, 그러니까 일본 정부와 개인이 허황된 대국 의식에 빠져버리기 전의 이야기다. 흑선이 도착한 1853년부터 러일전쟁에서 승리한 1905년 사이의 일본인들은 세계사의 흐름에 섞여 그 나름의 창조적인 길을 걷고자 했다.

학교라는 계단

졸업이 쉬운 사람과 어려운 사람이 있다.

일본의 지식인 대부분은 전자에 해당하는데 드물게 후자가 나타나기도 한다. 내가 친밀감을 넘어 경의를 가지는 가네코 후미코도 그중 한 명이다.

비구니이자 소설가인 세토우치 자쿠초는 『여백의 봄餘白の春』이라는 가네코 후미코 평전을 썼다.

후미코는 소학교 교육도 받지 못했다. 다른 여자를 데리고 집을 나간 부친과, 다른 남자를 집에 불러놓고 딸을 집에 들이지 않는 모친이 있었다. 후미코는 조모를 따라 조선으로 건너갔으나 그곳에서조차 빈곤하다는 이유로 천대를 받았고, 일본인들이 업신여기던 조선인들에게 동질감을 느낀다. 그 동질감은 일본에 돌아온 후에도 후미코를 지탱하는 힘이었고, 조선인 친구들도 여럿 사귀게 된다.

그중에 일본의 조선 침략에 대한 반감을 노골적으로 표현하던 남자가 있었다. 박열이었다. 후미코는 그에게 공감하고 동거를 시작한다. 박열의 반감은 천황을 향해 있었다. 일본이 정상적인 법치국가였다면 실제로 어떤 행동을 벌이거나 그 행동을 계획한 증거가 있는 상태에서 체포를 해야 정당했을 것이다. 그러나 박열과 후미코는 그러한 증거 없이 체포되고 사형 판결을 받았다. 그들의 동지들은 표정만으로 박열을 처벌한 것이라고 조롱했다.

후미코는 후에 천황의 명으로 내려진 사면을 거부한다. 애초에 천황 암살을 행동으로 옮긴 적이 없으므로 사면을 받을 까닭도 없다는 것이 그 이유였다.

그녀는 독방으로 돌아가 스스로 목숨을 끊었다. '지금 나는 왕의 용서를 거부할 용기가 있다. 그러나 앞으로 이어질 길고 긴 시간 내내 이 용기를 계속 지켜낼 수 있을까?' 후미코는 스스로에게 그렇게 물었다. 그녀는 그런 통찰력을 가진 사람이었다.

옥중 수기 『나는 나』에서는 '이 순간'을 영원히 지키고자 하는 후미코의 직관이 읽힌다. 그 직관은 영원의 조각으로서 시간에 대한 실존주의 철학자 키르케고르의 사상과도 공명한다.

후미코는 소학교, 중학교, 고등학교, 대학교로 이어지는 메이지 국가가 만들어낸 학교의 계단을 오르지 않고도 자신의 사상으로 영원에 대한 직관을 풀어냈다.

소위 모범생들은 소학교부터 한 계단씩 오르며 선생님만이 유일한 정답을 가지고 있다고 믿는다. 선생님 마음속에 있는 그 유일한 정답을 정성스럽게 받아 적는 것에 열중하는 그들은 상습적으로 전향을 꾀하면서도 그런 자신의 기묘함을 깨닫지 못한다.

만지로와 후미코는 그런 학교의 계단을 오르는 대신 자신의 경험을 끊임없이 성찰하면서 스스로의 길을 개척했다.

상황에서 배우다

오야마 이와오는 사이고 다카모리의 사촌이다. 1863년에 터진 사쓰에이 전쟁사쓰마번과 영국의 전쟁으로 포술 연구에 발을 내디딘 그는 1869년에 유럽으로 넘어가 보불전쟁의 실상을 직접 확인한다. 유럽을 다시 찾은 1871년에는 아예 스위스에 거주하며 프랑스어와 포술을 공부했다. 그때 프랑스어 개인 교사가 레옹 메치니코프였다.

그러던 어느 날 갑자기 스위스 정부로부터 연락을 받는다. "당신이 고용한 개인 교사는 러시아 정부의 범죄 용의자다. 당신은 일본 정부의 고관이니 불이익을 받을 수도 있다."

그러자 오야마는 이렇게 대답했다. "나도 한때는 일본 정부의 범죄 용의자였다. 내 동지들이 정권을 획득했기 때문에 정부 관료가 된 것이다. 외국어 교사로 만난 이 러시아인 친구가 언젠가 정권의 자리에 오르지 않으리라는 보장이 어디 있는가?"

오야마의 장례식장에서 옆자리에 앉은 철학자 고자이 요시시게에게 나는 이렇게 물었다. "어렸을 때 오야마 원사가 안아준 적이 있다면서요."

그러자 그가 답했다. "그것보다 더 재미있는 일화가 있다네. 소학교 때 누마즈 뒷산에서 노는데 저쪽에서 뚱뚱한 사람이 걸어오는 거야. 사진에서 본 적이 있는 오야마 원사시길래 내가 꾸벅 인사를 했거든. 그러자 오야마 선생이 멈춰 서더니 내 쪽을 향해 정중하게 인사를 하는 걸세. 주변에 보는 이는 아무도 없었는데 말이야."

고자이는 메이지유신을 경험한 사람들에게는 혁명 정신이 있었다는 말로 오야마를 평가했다. 메치니코프가 쓴 『메이지유신 회상回想の明治維新』과도 통하는 말이다.

나는 만주군 총사령관이었던 오야마를 총참모장 고지마 겐타로를 발탁한 인물로 기억한다. 두꺼운 오야마 전기에는 그의 아들이 그를 회상한 내용이 실려 있다. 어느 날 아들이 "총사령관이 하는 일이 뭐예요?"라고 묻자 "아는 것도 모르는 것처럼 들어주는 일"이라고 대답했다고 한다.

고지마 겐타로는 동시대 세계사에서도 비교 대상이 없을 정도로 뛰어난 군인이었다. 고지마가 지휘한 일본군은 19세기의 나폴레옹, 20세기의 히틀러도 이기지 못했던 러시아와의 싸움에서 패배하지 않았다. 러시아와 싸울 방법과 시야를 세계정세 속에서 터득하고 있었기 때문이다.

고지마는 막부 체제가 무너지던 상황 속에서 서양 유학 경험도 없이 세계정세를 읽어냈다. 그에게는 후대의 군인과 관료가 교육을 통해 익힌 지식과는 다른 지혜가 있었다.

그것은 각 시대의 정점에 있는 선진국의 지식을 최단기간에 학습하고자 했던 러일전쟁 이후 일본의 학교 교육과는 전혀 다른 힘이었다. 그런 고지마를 등용한 오야마역시 동시대의 세계정세를 읽어내는 힘을 갖춘 사람이었던 것이다.

전쟁의 버팀목

에도가와 란포는 다이쇼 시대와 쇼와 시대에 걸친 대표적인 탐정소설가다. 시대가 흉흉해지면서 그의 작가 활동도 위기를 맞았다. 그러나 란포는 군국주의에 굴복할 작가가 아니었다. 그동안 그는 자신의 내면으로 걸어 내려가 그만의 개성으로 똘똘 뭉친 『스크랩 연보貼雜年譜』 아홉 권을 만들었다. 란포는 자신이 유명세를 타던 때 발행된 신문 광고를 오려붙이고 놀며 군국시대를 견뎠다.

쇼와 5년(1930) 삼십육 세 때다.

건강은 크게 해치고 이름은 크게 날리던 해.

처음으로 고단샤 잡지에 원고가 실림(그 전까지는 『신청년新青年』에 주로 썼음). 아첨과 원고료 따위에 넘어갈쏘냐.

이렇게 쓰고는 아래에 당시 광고를 붙였다.

소설을 읽는다면 『고단 구락부講談俱樂部』. 에도가와 란포 선생 명작 발표. 기기괴괴! 까무러치게 재미있는 대탐정소설 『거미남자』.

행방불명된 미녀! 수수께끼 대범죄!

　나도 어렸을 때 이 소설을 흥미진진하게 읽었다.
　1929년 12월 『요미우리 신문』에는 인기 작가의 원고료를 비교한 기사가 실렸는데, 란포는 요시카와 에이지, 사사키 구니, 다니 조지, 야마모토 유조 등과 함께 적힌 자신의 이름에 이런 주석을 달기도 했다.

　틀렸음. 당시 내 원고료는 장당 팔 엔이었다.

　당시 메이지 시대의 작가 구로이와 루이코에게 영향을 받은 란포는 루이코가 쓴 번안 소설의 제목을 빌려 「백발귀신」 「유령탑」 등을 발표하기도 했다. 받은 인세에서 사분의 일을 루이코의 아들 히데오에게 보냈는데 그때 받은 히데오의 편지도 여기 붙어 있다.
　그러다가 시대가 급변한 1939년에는 사실상 집필 금지와 다름없는 상황에 놓이게 된다. 마흔 대여섯 살 무렵이다.

(쇼와) 14년. 지독해진 소설 검열. 15년 후반부터 탐정소설 전멸(스파이 소설은 해당 없음). 드디어 아무것도 쓰지 못하게 됨.

-란포의 「악몽」 삭제- 경시청 검열과에서는 31일 에도가와 란포 씨의 단편집 『거울 지옥』 중 한 편을 통째로 삭제하라고 명령했다. 삭제 명령을 받은 「악몽」은 쇼와 4년에 '애벌레'라는 제목으로 발표되어 당시 문단에서 새로운 경지를 개척한 탐정소설로 평가받은 작품으로, 이는 좌익 소설을 제외하면 매우 드문 사례다.
_『도쿄니치니치 신문』, 쇼와 14년 3월 31일 석간 사회면

당시에 검열이 아무리 엄격해졌다고 해도 보통은 앞으로 출판될 작품이 그 대상이었고, 출판된 지 한참 지난 작품 전체를 삭제하는 것은 매우 드문 일이라 이렇게 사회면에 실렸음. (중략) 1941년부터는 검열의 영향으로 출판사들이 알아서 내 작품을 빼고 중판을 내면서 인세 수입도 거의 끊겨버렸음. 표면상 금지된 건 앞의 작품 하나지만 실질적으로는 내가 발표한 작품 모두가 말살된 것이나 다름없었음.

미스 마플의 추리법

학교 공부에서 해방되면 즐거운 시간이 생겨난다.

1942년 3월 나는 이스트 보스턴 유치장에 들어가 있었다. 큰 방에 넣어진 건 나와 독일인과 이탈리아인뿐이었다. 책도 없이 밤에는 이층 침대 상단에, 낮에는 역 대합실과 닮은 커다란 공동 공간에 머물렀다. 철창 바로 앞까지 신문과 주간지를 팔러 오는 소년이 있었는데 할 일이 없던 우리 방 사람들은 매일 그 소년을 기다리면서 읽고 버리기를 반복했다.

그것이 미스 마플과의 첫 만남이었다.

아니 정확하게는 미스 마플이 아직 책 속에 등장하기 전이었다. 매주 그 책에 푹 빠져 있는 사이에 나는 유치장을 나와 다른 유치장으로, 그리고 적국 포로로 메릴랜드 주 포트 미드를 거쳐 교환선을 타고 일본으로 돌아왔다. 그리고 전쟁이 끝날 때까지 『움직이는 손가락』을 다 읽지 못했다.

내가 『움직이는 손가락』 후반부에서 미스 마플의 등장을 보게 된 건 그로부터 십 년이 지난 후다. 이번엔 다카하시 유타카가 번역한 일본어판이었다. 패전 직후에 하야카와쇼보 출판사가 어떻게 이 명번역가를 발굴했는지는 알 길이 없다. 아유카와 노부오, 다무라 류이치, 하시모토 후쿠오 같은 명번역가는 모두 마감 시간을 잘 지키는 사람이었을 것이다. 그들이 구사하는 매끄러운 일본어 덕분에 나는 애거서 크리스티의 거의 모든 작품을 읽을 수 있었다.

애거서 크리스티는 백 년을 넘게 산 명탐정을 두 명이나 탄생시켰다.

한 명은 에르퀼 푸아로. 허세기가 있고, 옷차림과 콧수염 손질에 집착하는 벨기에인이다. 영국 최상류층의 고문 탐정을 맡아 유럽, 아프리카, 미 대륙을 여행하며 사건을 해결한다. 주로 가설연역법으로 결정적 증거를 발견한 뒤 한 방에 범인을 맞추는 방법을 사용하는데, 그 마지막 장면은 범인을 포함해 그간 범인으로 의심받았던 모든 이를 모아놓고 펼쳐진다.

다른 한 명이 바로 제인 마플이다. 그녀는 영국의 시골 마을 세인트 메리 미드를 벗어난 적이 거의 없다. 도시에서 일어난 사건을 의뢰받을 때마다 자신이 관찰해온 비슷한 사례들과 연관시켜 범인을 맞춘다. 애거서 크리스티가 미스 마플보다 먼저 세상을 떴기 때문에 지금도 죽지 않고 살아 있다면 이미 백 살이 넘었을 것이다.

1920년 말 그녀의 자택에서 열린 '화요일 클럽'에서 처음 등장한 미스 마플은 모임이 계속되면서 전 경시총감을 포함한 모든 사람의 신망을 얻었다.

애거서 크리스티는 집 안을 꿰뚫고 있는 여성의 두뇌가 천하를 꿰뚫는 방법과도 통한다고 믿었다. 그래서인지 평소 푸아로보다 마플을 더 아꼈다고 한다.

내가 하는 평화운동도 비슷한 것 같다.

중도하차

나는 내 안의 불량소년에게 물을 준다. 말라죽지 않도록.

소학생 때는 구舊 도쿄를 가로질러 학교를 다녔다. 그때는 가늘고 긴 환승표 위에 전차 노선도가 찍혀 있었다. 학교에 갈 때는 전차를 다섯 번 갈아타며 이른 등교 시간에 맞춰야 했지만 돌아올 때는 도중에 내려서 천천히 이곳저곳을 기웃거릴 여유가 있었다.

그날그날 임의로 정한 지점에서 도쿄 이곳저곳을 바라보기도 했다. 집에 일찍 돌아가기 싫어 목적도 없이 몸부림치는 시간이었다. 일본은행 본점의 견고한 건물, 어느 소학교의 담벼락. 그때 본 장소들의 풍경은 지금도 조각조각 내 마음에 남아 있다.

아오야마 차고라는 이름의 거대한 열차 차고도 생각난다. 하굣길에서 벗어난 곳이었지만 일부러 다른 정류소에 내려 근처 빈터에서 놀고는 했다. 빈터 뒤에는 친구 이치노미야가 살았다.

하루는 학교를 나와 전차를 갈아타고 그 친구 집에 놀러 갔다. 한 시간쯤 걸리는 전차가 지루했는지 이치노미야가 휘파람을 불었다. 옆에 있던 나가이가 못하게 하자 이치노미야는 삐쳐서 전차에서 내려 혼자 집으로 돌아갔다. 나가이와 나는 아무렇지도 않게 그뒤를 따라갔다. 칠십 년이 지난 지금 돌이켜봐도 어린아이들의 유치함은 상식을 넘어선다.

집에 도착하자 이치노미야는 자기 방에 들어가서 문을 닫고 나오지 않았다. 쓰루미랑 나가이한테서 왕따를 당했다며 울고 있다고 어머니가 전해주셨다. 사실 이치노미야는 우리 둘을 한 번에 때려눕힐 만큼 힘이 셌다. 하지만 세 명의 그룹 안에서 자신만이 소외되었다는 고립감을 견디지 못했던 것 같다. 물론 우리 둘은 개의치 않고 그 집에 머물렀고 결국 자기 방에서 나온 이치노미야와 함께 아오야마 차고에서 놀다가 저녁까지 얻어먹고 돌아왔다.

그로부터 육십 년이 지나 나가이 미치오에게서 그림엽서를 받았다. 아오야마 차고 터에 세워지는 유엔대학의 고문을 맡게 되어 근처를 돌아보는데 옛날 생각이 난다고 쓰여 있었다.

이치노미야 사부로는 전쟁에서 죽었다. 나가이 미치오

도 죽었다.

그때 이치노미야 집에는 왜 그렇게 자주 놀러 갔더라? 두 살 많은 누나가 예뻤잖아. 내가 대답하자 나가이가 맞장구를 쳤다. 나도 그랬어. 죽기 전에 많은 이야기를 나누지 못했지만 두 사람이 육십 년 동안이나 같은 마음을 숨기고 있었다는 것을 그때서야 알았다.

모두 1930년대 쇼와 초기 도쿄에서 있었던 일이다. 내게 지금의 도쿄는 외국과도 같다.

사자병풍

내가 죽은 다음의 일들을 정해놓아 봤자 지켜질지 알 길이 없다. 하지만 내가 죽고 나서 안치될 동안 내 머리맡에 세워주었으면 하는 병풍은 하나 가지고 있다.

원래는 작가 후지 마사하루가 잡지에 실은 그림인데 당시 잡지의 편집자였던 내가 원본을 백 엔에 구입했다. 그걸 낮은 병풍으로 만들었다. 내가 죽으면 거꾸로 해서 머리맡에 놓아달라고 하려 한다.

그림은 장자의 이야기 한 장면을 그린 것이다. 매미를 발견한 장자가 매미를 노리는 새의 눈과 새를 노리는 사냥꾼, 그리고 장자를 밀렵꾼이라고 오해한 파수꾼의 기척에 놀라 줄행랑을 놓는 장면이다.

병풍 뒷면은 원래 비어 있었다.

어느 날 오래전 학생들이 찾아와서 같이 밥을 먹다 즉석에서 종이를 펼쳐 아무거나 쓰기로 했다. 제각기 자유롭게 적은 글귀들을 장자의 병풍 뒤에 붙였다. 그렇게 병풍의 양면이 완성되었다.

그 학생들을 안 지 사십 년이 넘었다.

나라奈良에 한센병 회복자들이 지낼 집을 지은 이들이

다. 학생들이 나보다 뛰어나다고 느끼는 순간은 한두 번이 아니다. 이 학생들은 사십 년 넘게 나를 이끌어주었다.

그중 한 명인 시바지 노리유키가 고신도 교단의 땅을 빌려 한센병 회복자들의 집을 짓는 워킹 캠프 공사를 시작했을 때 공사를 반대하는 지역 주민들이 몰려들자 그는 이렇게 말했다. "여러분이 동의해주실 때까지 건설을 중단하겠습니다." 그러고는 반쯤 세운 블록을 사람들이 보는 앞에서 부쉈다. 포기한 것은 아니었다. 여름방학 때마다 동료들을 데리고 공사를 반대하는 주민들의 집을 돌았다. 한센병은 신약 프로민으로 나을 수 있고 다른 사람에게 전염되지 않는다는 니시우라 미쓰구 교토의과대학 교수의 연구 자료를 보여주며 설득을 멈추지 않았다. 이 학생들은 그렇게 몇 걸음 후퇴한 후 결국엔 만회해내는 힘을 가지고 있었다.

나스 마사타카는 한센병 요양소에서 앞이 보이지 않는 후지모토 도시의 구술록 『땅바닥이 꺼졌습니다 地面の底がぬけたんでんす』를 남겼다. 당시 학생이었던 기무라 세야는 라쿠고 落語 연구가 아소 요시노부의 도움을 받아 유이 준코의

모놀로그 기록을 삼십 년 만에 재탄생시켰다. 이 작품은 지금도 전국에서 상연되고 있다. 한센병이 완치된 후에도 고향에서 배척되는 일이 비일비재한 지금의 일본에서 이 작품의 흥행은 그 자체로 전위적인 운동이라 하겠다.

학생들 중 여럿이 벌써 세상을 떴다. 그 젊은이들과의 만남이야말로 내게 대학이 가지는 의미다.

선집의 편집자

학생들은 말을 잘한다. 그런데 사십 년 전 우리 집에 놀러왔던 학생 둘은 한 시간도 넘게 입을 다물고 있었다. 그 모습이 특별해서인지 사십 년이 지난 지금도 기억에 선명하다.

둘 다 시를 쓰는 사람이었다. 그중 한 명인 쇼즈 밴이 『시인의 사랑詩人の愛』을 보내왔다. 여러 시인이 상상한 다양한 사랑의 형태가 드러나도록 엮은 책이다. 잠자코 있는 능력뿐만 아니라 타인을 관찰하는 능력 역시 뛰어난 사람이었던 것이다.

세상의 모든 책을 읽을 수는 없는 노릇이니 신뢰할 만한 선집은 큰 도움이 된다. 대학교 일학년 때 모리슨의 선집 『다섯 종류의 문장』을 교재로 읽은 적이 있다. '패러디'라는 장에 실린 산문 「진실한 이야기」가 기억난다. 어느 날 아침 미국 대통령 율리시스 그랜트는 포토맥 강가에서 아침 산책을 하던 중 강에 빠진 나체의 미녀를 발견한다. 그는 곧바로 강에 뛰어들어 그녀를 구출하고 백악관으로 데려가 입을 옷을 내주었다. 며칠 후 그녀가 술 한 병을 사들고 인사를 오자 "저는 술을 한 방울도 못 마십니다"라며 거절했다는 이야기다.

'진실한 이야기'라고 할수록 그것은 새빨간 거짓말을 의미한다. 그랜트는 남북전쟁의 명장으로 명성을 얻었지만 대통령이 된 후에는 애주가로 유명했다. 당시 미국의 대학 교육은 대학 신입생들에게 이런 맛깔나는 문장을 읽게 했다.

태평양전쟁 중에 일본 해군 소속으로 싱가포르에서 대기할 때였다. 마을에 나가보니 영국인이 헌책을 팔고 있기에 라빈드라나트 타고르의 『사다나』와 아서 퀼러쿠치의 『옥스퍼드 영어산문선』을 사가지고 돌아왔다. 산문집에는 어린 시절 나쓰메 소세키가 인용한 걸 읽고도 잘 이해하지 못했던 토머스 브라운의 글이 몇 편 실려 있었는데 그때 다시 읽고 뒤늦게 그 의미를 깨닫게 되었다. 또 공동번역성서로 몇 번이나 읽었던 「돌아온 탕아」를 그 원형인 존 위클리프의 일상번역성서로 다시 읽고 감명을 받기도 했다.

그때 산 1925년 출판본 속지에는 책 주인의 이름이 반듯이 적혀 있었다. 귀하게 다뤄진 책이었다. 내가 산 게

1943년 10월이니 그 당시로도 이십 년 가까이 된 고서였던 셈이다. 나중에 군함을 타고 일본으로 돌아올 때도 그 책을 가지고 왔다.

그로부터 한참 후 트리벨리언의 『위클리프 시대의 영국 England in the Age of Wycliffe』이라는 책을 읽었다. 위클리프가 옥스퍼드대학에서 높은 지위까지 올랐다가 결국 추방당했고, 그는 사형을 면했지만 그의 여러 동료가 사형에 처해졌다는 이야기였다. 그가 쓴 「돌아온 탕아」에는 강렬한 기백이 있었다. 트리벨리언의 『영국사』에 의하면 위클리프가 추방된 이후 옥스퍼드대학의 학문은 백 년 동안이나 쇠퇴했다고 한다. 라틴어를 통해 특권을 유지하던 신부들에게 일상의 영어로 신의 말을 기록한다는 것은 그 특권을 빼앗긴다는 뜻이었다.

영화의 수명

영화배우라는 직업을 가진 사람들은 스크린 속 수명으로 사는 존재들 같다. 내가 그레타 가르보라는 배우에게 관심을 가지게 된 것도 그녀가 은막에서 사라진 다음이다. 계기가 된 것은 가르보가 은퇴한 지 수십 년이 지나 읽은 그의 부고 기사였다.

그레타 가르보는 만년을 뉴욕에서 숨어 지냈다. 지나가는 노부부들을 부러워하며 명성과 욕망이 자신을 망쳤다고 한탄했다고 한다. 자신의 생애를 돌아보며 성찰할 수 있는 사람은 그리 흔치 않다.

에른스트 루비치 감독의 영화 「니노치카」는 러시아 소비에트의 실상을 훌륭히 그려낸 작품이다. 고등감독관으로 러시아에서 파리로 파견된 그레타 가르보가 당의 임무보다 자본주의 문화에 빠져 있는 소비에트 요원들을 지휘하는 이야기. 무엇보다 그녀의 독특한 영어 악센트가 주인공의 뛰어난 능력을 잘 보여준다. 토키 시대에 접어들면서 무성영화 시대를 풍미한 유명배우들은 대부분 사라졌지만 그녀는 스웨덴 악센트의 영어를 구사하며 스타의 자리를 지켜냈다.

생각해보면 배우들이 사후에 얻게 되는 명성은 참 묘하다. 내가 사는 교토 이와쿠라 근처에는 '가르보'라는 찻집이 있는데, 그녀가 죽고 나서도 사십 년이나 지난 작년에 문을 닫았다. 찰리 채플린 정도는 아니라 해도 가르보의 이름 역시 일본에 오랫동안 남아 있었던 것이다.

시인 로버트 그레이브스는 만년의 한 담화에서 젊은 시절 재능으로 빛났던 소설가 올더스 헉슬리가 가르보의 매력에 빠져 인생을 망쳤다고 했다. 하지만 그건 그의 질투에 불과한 이야기다. 헉슬리가 주최한 티 파티의 단골손님이었던 가르보의 재능은 헉슬리의 모임은 물론이고 그의 문학에도 기여했다.

일본의 무성영화계에서는 배우들의 부침이 미국만큼 크지 않았다. 아라시 간주로, 이치카와 우타에몬, 가타오카 지에조, 하세가와 가즈오, 반도 쓰마사부로 같은 배우들은 미국에는 없는 가부키극 출신이기 때문에 새로운 토키에 맞춰 대사나 연기를 바꿀 필요가 없었다. 그리고 당시에는 한 작품이 십 년 넘게 전국을 돌며 상영되는 일도 흔했다. 오노에 마쓰노스케가 연기하는 오이시 구라노스케가 부인과 이별하는 장면에서 미닫이문에 뚫어놓은 구멍으로 떠나가는 부인을 바라보던 그의 커다란 눈동자를, 나는 그가 죽고 구십 년이 지난 지금도 생생히 기억한다.

1935년 「신노쓰루치요新納鶴千代」로 토키 영화에 첫 출연했던 반도 쓰마사부로는 전쟁 중이던 1942년에 「무호마쓰의 일생」으로 당시 군국주의 일본과는 또 다른 일본을 그려내는 데 성공했다. 그 유풍은 지금도 그의 아들들을 통해 남아 있다.

내게 와닿는 목소리

'가시와도, 이겼다!' 이 신문기사 제목이 아직도 기억에
남아 있다. 가시와도 쓰요시가 조부모와 동향인 이와테
출신 스모선수라는 이유도 있겠지만, 당시 전쟁 중에 읽
었던 신문기사 중에 이 한 줄짜리 기사만이 신뢰할 수 있
다고 생각했기 때문일 것이다. 대본영일본 제국군 최고 통수 기관
이 발표한 각종 전투의 결과를 포함해 다른 기사들은 신
뢰할 수 없었다. 여기서 말하는 가시와도란 전후의 대스
모선수 가시와도가 아니라 그다지 강하지 않았던 전시의
스모선수 가시와도다.

신문기사에 휘둘리고 싶지 않았다. 그로부터 이십여 년
이 지나 나는 대학에서 신문학을 가르치게 되었다. 그리
고 또 이십여 년이 지난 어느 날 그때의 졸업생들과 모임
을 가졌다. 이십 년이 지나니 논문 세미나에서 가까이 지
냈던 학생들도 잘 알아보기 어려웠다. 내 앞에서 밥을 먹
던 덩치 큰 남학생이 "선생님께서 백 점을 주셨어요"라고
했다. 나는 좀처럼 백 점을 주지 않았다.

"어떤 답안을 썼지?" 하고 물으니, 영서 강독 시간이었
다고 한다. 당시 내 영서 강독 수업에서는 일학기에 원서

로 신문 분석 논문집을 읽고 시험으로는 자서전 영작을 시켰다. 이학기에는 신문학 원서 한 권을 읽고 주변 사람들에 대한 영문 평전을 시험으로 냈다. 당연히 부모님에 관해 쓰는 학생이 많았다. 백 점을 맞았다는 그 학생도 패전 후 소련에서 돌아온 자신의 아버지에 대해 썼다고 했다. 그의 아버지는 1939년 여름 소련에 대패한 노몬한 전투_{할힌골 전투}에 참전했다 포로 생활을 한 사람이었다.

그들을 가르쳤던 1960년대 초반까지도 노몬한의 대패배는 일본에서 잘 알려지지 않은 이야기였다. 처음으로 널리 알려진 건 무라카미 하루키가 쓴 기행문『하루키의 여행법』과 소설『태엽 감는 새』를 통해서였다. 그러니 육십 년대 초반에 이 학생이 자신의 아버지에 관해 쓴 글을 읽고 내가 놀라지 않을 수 없었을 것이다.

조금 더 거슬러 올라가보면, 1950년대에 나는 다른 대학에서 철학 강의를 했다. 대학에 막 입학한 학생들에게 '자신의 사회적 기억이 생겨난 때'라는 제목의 작문 과제를 내주었다. 그때는 일본어였고, 관련된 메모를 자유롭게 지참해서 한 시간 동안 쓰는 방식이었다.

열여덟 살이었던 한 학생이 초등학교 시절의 기억에 대해 썼다. 식탁에서 신문 투고란을 읽던 자신의 아버지가 '국가를 비판하는 어린놈이 있다'며 화를 내던 일화에 대한 기억이었다. 대학생이 되어 당시 신문의 축쇄판을 찾아보니 중학생이 공장에 동원되었다가 그곳의 부조리를 고발한 내용의 투고였다고 한다. 필자의 이름은 오자와 노부오. 오자와 노부오는 그로부터 육십 년 후 전시에 '벌거벗은 대장님'이라는 애칭을 얻은 화가 야마시타 기요시에 관한 전기 『벌거벗은 대장님 일대기裸の大将一代記』를 쓰기도 했다.

오자와 노부오의 글은 엘리트의 시선에 끼워 맞춘 여느 일본 현대사와는 달랐다. 그것은 시대에서 도태된 천재가 시대에 휘둘리지 않고 바라본 전시, 그리고 전후의 일본사였다.

미니 신문

전시에 나는 바타비아(현 자카르타)의 해군 무관부에서 신문을 만드는 일을 했다. 당시 태평양 전선은 대본영의 왜곡된 발표를 믿어서는 아무 작전도 짤 수 없는 상황이었다.

그래서 나에게 내려진 것이 '적들이 읽는 것과 똑같은 신문을 만들라'는 명령이었다.

밤마다 관사에서 단파 라디오를 들으며 정보를 취합하고 아침에는 그 정보와 육군에서 보내오는 엄청난 양의 무전 기록을 대조하며 신문을 제작했다. 영국, 미국, 인도, 중국, 호주의 방송을 요약해서 매일 네다섯 면의 신문을 만드는 일은 녹록지가 않아서 오전 일과를 마치고 해군 사무소의 공용 식당에 내려가면 젓가락을 쥔 손이 부들부들 떨릴 정도였다.

호주 방송에서는 시장의 아보카도 가격을 매일 내보냈다. 아보카도가 무엇인지 알게 된 것은 그로부터 삼십여 년이 지나 아보카도가 일본 시장에 들어온 후였다. 간장과도 잘 어울린다. 아보카도로 만든 초밥은 외국에서 만든 뛰어난 일본 요리이기도 하다.

지금도 그렇지만 그때도 나는 악필이었다. 내가 혼자 편집하는 신문이 발행되려면 상급자 일곱 명의 도장이 필요했는데 주인 없는 일곱 개의 도장이 모두 내 책상 주변에 놓여 있었다. 당시 해군에는 최소한의 합리주의가 남아 있었던 것이다. 스물둘에 계급 낮은 군속에 불과했던 내가 글을 쓰면 옆에 앉은 두 명의 여성 타이피스트가 그것을 타자기로 옮겨주었다. 부대 내부에는 독자가 없었다. 신문은 남서방면함대, 제1남견함대, 제2남견함대에 있는 사령장관과 참모장에게 보내졌다. 당시 해군에서 가장 계급이 낮은 간부가 대위였으니 대위 이상이 읽는 다섯 부 한정판의 미니 신문이었던 셈이다.

부대 사령관은 해군대좌였는데 후에 해군소장이 된 사람이다. 그는 일본이 전쟁을 일으킨 대의를 받아들이면서 한편으로는 아시아 해방이라는 이념을 공고한 기치로 삼았다. 실제로 수조노 후마르다니, 수탄 샤리르, 모하맛 하타, 수카르노 같은 인도네시아 독립운동 지도자들과 교류했고 그중 몇 명을 바타비아 해군 무관부의 인도네시아어 강사 명목으로 초청하기도 했다. 패전 소식이 전해지자 사령관은 그들이 인도네시아 독립선언문 초고를 쓸 장소로 무관 관사의 지하실을 제공했다. 당시 자바섬 전역은 일본 육군이 지배하는 구역이었다. 그는 그 사실을 육군에 알리지 않았다.

이 무관의 이름은 마에다 다다시. 나중에 알려졌지만 당시에 다른 지도자들 모르게 코민테른의 일원인 탄 말라카를 섬으로 초대하려고 했던 것도 그였다.

일본이 더 이상의 전쟁을 포기해야 했을 때 이 해군 무관의 마음속에는 일본이라는 국가 혹은 정부와는 전혀 다른 결의 '대동아공영권'을 향한 움직임이 꿈틀거리고 있었던 것이다. 인도네시아 독립군에 투신한 것으로 유명한 요시즈미 도메고로도 이 해군 무관부의 과장이었다.

모아둔 것의 행방

종교철학자 야나기 무네요시는 『수집이야기』라는 얇은 책에서 미술관에 가더라도 거기 수집된 것들과 마음을 터놓고 만나지 않으면 아무것도 마음에 남지 않는다고 했다.

수필가 시라스 마사코는 자신이 가지고 싶은 것이 있으면 지금까지 소장하고 있던 것을 팔고 그 자리에 새로 놓는 방식으로 수집을 즐겼다. 같은 가게에다 다시 물건을 내놓으면 더 비싸게 팔 수도 있단다.

사십 년 전에 내 학생이던 운동가 나스 마사타카도 비슷했다. 그가 만년에 입원해 있던 호스피스 시설에 병문안을 갔더니 "믿으실지 모르겠지만 경제적으로는 그리 힘들지 않아요"라고 했다. 살면서 이따금 골동품을 사놓았는데 남은 날이 얼마 남지 않았음을 알고는 그것들을 모두 팔아 호스피스 시설에서 보낼 시간을 얻었다는 것이다. 그는 골동품 시장에 밝으면서도 매우 청렴한 사람이었다.

노버트 위너와 아르투로 로센블루에트의 사이버네틱스에 의하면 '작은부레관해파리'라는 생물은 육안으로는 개체로 보이지만 생물학적으로는 군체라고 한다. 어린 시절에 그것들이 바다에서 해변으로 떠내려온 것을 본 적이 있다. 영어로는 '포르투갈의 군함portuguese man of war'이라고 부르기도 한다. 영국, 네덜란드, 스페인 함대가 세계를 재패하기 이전 시대에 포르투갈이 보유했던 강한 함대를 떠올리게 하는 이름이다.

작은부레관해파리만큼은 아니어도 분명 나 역시 다양한 요소의 집합체이면서 동시에 하나의 표정을 가진 개체로서 다른 개체들과 대면하고 있다.

열일곱 즈음 뉴욕 도서관에서 격일로 일한 적이 있다. 대학의 여름방학이 석 달 가까이 되었기 때문에 근대미술관에서 수많은 작품과 친해질 수 있었다. 그중에서도 한쪽 무릎을 감싸안은 채 눈을 감고 노래를 부르는 모습을 취한 바를라흐의 목각이 기억에 남는다.

그로부터 육십여 년이 지나 일본어로 된 바를라흐의 전기를 읽었다. 나치의 미움을 사는 바람에 그의 대형 조각상과 기념비가 모두 파괴되었고, 육십 년 전에 내가 보았던 '노래하는 남자'가 현존하는 몇 안 되는 작품이라는 것을 알게 되었다. 눈을 감고 있던 그 남자는 그 눈꺼풀 안에서 다른 개체들을 보고 있었을 것이다.

　내가 수도 없이 보아온 예술품들은 다름 아닌 내 눈꺼풀 안의 색과 형체다. 그렇게 모인 것들은 기억 속에만 멈춰 있지 않다. 육십삼 년 전에 내가 본 바를라흐의 '노래하는 남자'도 언제든 내 눈꺼풀 속으로 불러올 수 있다.

2

희
미
한

기
억
들

사신과의 경주

미즈키 시게루의 만화 『갓파 산페이河童の三平』는 내게 고전과도 같은 작품이다. 유럽 신화에 나오는 위압적인 신들과는 달리 여기 나오는 사신死神은 애교가 있다.

산페이는 산속에서 할아버지와 단둘이 사는 초등학생이다. 어느 날 사신이 노쇠한 할아버지를 데리러 왔다가 학교에서 돌아온 산페이에게 잡혀 헛간에 갇혔는데 너무 배가 고픈 나머지 두더지를 잡아먹고는 그 자리에서 똥을 싸고 만다. 사정을 모르는 할아버지는 집에 늦게 돌아온 벌로 산페이를 헛간에 가둬버린다. 산페이가 무슨 냄새냐고 물으니 사신이 자초지종을 설명한다. "아우 냄새⋯⋯" 산페이가 투덜대자 사신은 이렇게 말한다. "나도 반성하고 있는 중이라고."

이런 사신이라면 나도 같이 경주를 해보고 싶어진다. 너무 긴 코스는 무리일 테고 오십 미터 정도라면 어떻게 이겨볼 수도 있을 것 같다. 실제로 그렇게 오십 미터씩 나눠서 뛴 경주에서 어찌어찌 크게 지지 않고 버텨온 것인지도 모르겠다. 적어도 지금까지는.

언론인 도쿠토미 소호는 초로에 접어든 쉰다섯에 만 미

터 경주를 시작했다. 그 결과 여든아홉 살의 나이에 『근세 일본국민사』 전 100권을 완성했다. 위대한 업적이지만 감히 흉내 내고 싶지는 않다. 오십 미터, 오십 미터씩, 나는 짧은 경주를 반복할 뿐이다.

산페이의 할아버지보다 내 나이가 더 많은지 적은지 모르겠지만 여든한 살에 들어서니 시야가 흐려지는 것은 어찌할 수가 없다. 하지만 흐려진 시야 역시 그 자체로 내 안에 뿌리내린 관점일 수 있다는 것을 나는 일찍이 경험한 적이 있다.

육십이 년 전, 열아홉의 나는 미국 메릴랜드주 볼티모어 부근 포트 미드 안에 있는 전쟁포로 수용소에 있었다. 그때 미국은 내게 "교환선을 타고 일본으로 돌아갈지 미국에 남을지" 물었고 나는 "타겠다"고 대답했다.

나는 그 전쟁에서 일본이 미국에 질 것을 알고 있었다. 일본이 정당하다고 생각한 것도 아니었다. 다만 질 때는 지는 쪽에 서야 할 것 같았다. 만약 이기는 쪽에 남아 수용소에서 먹을 것 걱정 없이 지내다가 미일전쟁의 끝을 맞이하게 된다면 그 이후로 내가 살아가야 할 길이 보이지 않을 듯했다.

그건 그냥 흐릿한 느낌이었다. 그러나 육십이 년이 지난 지금 돌아봐도 후회하지 않는다. 희미하지만 그 자체로 흔들림 없는 사상이라는 것도 존재한다고 나는 믿는다.

통하는 것과 통하지 않는 것

근처 집 앞에서 두 살짜리 아이가 또래 아이와 놀고 있었다. 그 집 아이가 평소에 자주 만나는 내게 인사를 했고 나도 답례를 했다.

그러자 함께 놀던 아이가 누구냐고 묻는다. 그 집 아이가 "응, 자주 오는 사람"이라고 대답하자 바로 알아듣는 눈치다. 두 아이 사이에서는 그 대답이 나라는 사람에 대한 충분한 정의였던 것이다.

그 모습을 보면서 나는 대학에서 가르치던 때를 떠올렸다. 수업 사이사이 대학 근처에 있는 치과에 다닐 때였다.

먼저 와 있던 어린아이들이 있었는데 서로 잘 모르는 사이 같았다. 두 살 정도의 남자아이가 혼자 그림책을 읽고 있다가 재미있는 장면을 발견했는지 그걸 들고 가까이 있던 두 명의 여자아이에게 다가가 말을 걸었다. "원숭이." 그러자 초등학교에 입학할 나이 정도로 보이는 두 명의 여자아이가 두 살 아이에 대한 여섯 살의 우월감을 과시하듯 "원숭이가 아니라 침팬지인데?!?" 하며 입을 모았다. 두 살 난 아이는 풀이 죽어 자리로 돌아갔다.

그 장면을 보면서 나는 학술어의 역할을 떠올렸다.

사상가 니토베 이나조는 메이지 시대 중반에 일본에서 학교 교육을 마치고 미국 존스홉킨스대학으로 유학을 떠났다. 사회학 교수와의 면접시험을 앞둔 그는, 특히 허버트 스펜서에 관해서라면 어느 책 몇 페이지에 어떤 내용이 있는지까지 달달 외워두었기 때문에 어떤 개념에 관한 질문에도 대답할 자신이 있었다. 그런데 처음 받은 질문이 '스펜서에 대해 어떻게 생각하는가'였다. 예상치 못한 질문에 그는 쩔쩔맬 수밖에 없었다고 한다. 니토베 학문의 특징은 용어의 고정된 정의에 집착하지 않는 것인데 바로 그 전환이 일어난 순간이다.

경험을 중요시하는 영역에서 만고불변의 뜻으로 정의를 내린다는 것은 매우 어려운 일이다. 에도 시대의 라쿠고에는 그 자리에 있는 물건을 이용해서 필요에 따라 개념을 정의하는 방법을 쓰는 유파가 있었다. 그중 하나가 산유테이 엔쇼의 「시바하마芝濱」다. 술꾼 남편을 둔 여인이 집안을 일으키며 여러 지혜를 발휘해나간다는 줄거리는 객석에서 취객, 해변, 지갑이라는 세 가지 주제를 받아 즉석에서 만들어졌다. 곤약의 가격과 크기를 가지고 불교

용어와 대비시키는 「곤약 문답こんにゃく問答」도 있다. 불통과 오해가 낳는 재미를 통해 올바른 정의의 기술이 무엇인가 하는 질문을 지금 시대에 전해주는 작품이다.

넘쳐흐르는 것

나는 어떤 정의를 내릴 때 그 정의대로 말을 사용해보고 충분치 않으면 고쳐나간다.

그 정의대로 완전히 이해할 수 없게 되면 내가 경험한 그 정의의 틀 밖으로 넘친다. 그 넘쳐 나오는 것들이 중요하다. 그 순간순간의 느낌이 탄력이 되어 내 사고를 넓혀 주기 때문이다.

물론 메이지 시대부터 형성된 일본 학문의 맥락에서 보면 익숙하지 않은 이야기일 것이다. 시험을 잘 보기 위한 학문은 그런 식의 탄력을 가지지 않는다. 서구 학문에서 내린 정의를 그대로 물려받아 그것을 적용하고 그게 부합했을 때의 쾌감을 탄력 삼아 학습이 진행되기 때문이다. 부합하지 않는 부분에 주목해서 거기서부터 생각을 심화시키지 못하는 것이다.

애니미즘(물활론)은 문화인류학자 에드워드 버넷 타일러가 주창한 오래된 개념이다. 그의 정의에 따르면 애니미즘은 우주 만물이 모두 살아 있다는 신앙이다. 미개 민족에서 흔히 보이는 현상인데 인간의 종교 발달에서 초기 단계에 해당하는 특징이기도 하다. 거기서부터 고도의 보편 종교로의 진화가 시작되었다는 것이다.

이십 대 초반에 교토에 와서 교토대학 특별연구생이었던 우메사오 다다오와 친하게 지냈다. 그와 함께 사막에 사는 다양한 생물을 찍은 월트 디즈니의 다큐멘터리 「자연의 모험True-Life Adventures」을 보았다. 그는 저 생물들을 움직이는 것이 바로 애니미즘인데 그것은 결코 수준 낮은 사상이 아니라고 했다. 그것은 내가 배운 서구 학문의 정의 밖으로 넘쳐흐르는 그야말로 새로운 정의였다.

어느 날 집으로 돌아오니 한 살짜리 아들이 집으로 배달된 카스테라를 앞에 놓고 절을 하고 있었다. 그 모습에서 사람과 물질 사이의 경계는 보이지 않았다.

종교철학자 야나기 무네요시는 만년에 물질과 사람 사이의 구별을 없애고 뛰어난 물건에는 사람과 다름없이 절을 했다고 한다. 그건 늙어서 정신이 몽롱해진 탓이었을까, 신앙심이 깊어져서였을까.

기노 쓰라유키의 『고금와카집 가명서古今和歌集假名序』는 살아 있는 것들이 가진 각각의 '이즘ism'에 공감하는 것으로부터 세상의 노래가 생겨난다고 했다. 노래하는 마음 그 자체에서 애니미즘을 보는 것. 천년이 넘는 전통 정형 시가 와카를 지탱하는 사상에 애니미즘을 기초로 하는 이론이 작동하고 있다는 것이다.

아리스토텔레스에서 칼 폰 린네를 거치며 구축된 분류학은 생물을 분류 체계 속에 포함시킨다. 그 학문적 흐름은 나카이 히데오의 『검은 옷의 단가 역사黒衣の短歌史』를 통해 일본에서도 이어졌다. 나카이는 린네 학자였던 아버지 나카이 다케노신에 반발해 도쿄대학을 중퇴하고 단가 잡지의 편집자를 거친 작가다.

암호병이었던 그는 형식적 정교화 훈련의 경험을 살려 추리소설 『허무에의 제물』『화성식물원』『카드 이야기とらんぷ譚』를 썼다. 아버지에 대한 반발심이 전혀 다른 공상적 분류학을 만드는 탄력이 되었다.

핀으로 고정하기

사회학자 데이비드 리스먼이 일본을 찾았을 때 나는 우울증 때문에 그를 만나지 못했다. 훗날 프랑스문학 연구자 구와하라 다케오가 그때 교토에서 열린 학술회의의 후일담을 들려주었다. 리스먼이 후나즈시^{붕어를 삭혀 만든 초밥}를 매우 좋아했다는 이야기도 덧붙였다.

학술회의는 일본인 학자들과 리스먼이 영어로 질의응답 하는 형태로 진행되었다고 한다. 그런데 유독 우메사오 다다오만이 통역을 이용하자 리스먼이 그 이유를 물었고, 그는 "나의 서툰 영어로는 내 생각을 충분히 표현할 수 없기 때문"이라고 대답했다고 한다.

영어 실력에 대한 겸손과 자신의 사상에 대한 자신감을 동시에 담은 표현이다. 당시 일본에서는 영어로 발화하면 핀으로 찔러놓은 것같이 말의 의미가 고정된다는 착각이 팽배했다. 그의 대답은 그런 분위기에 대한 온순하면서도 또렷한 저항이었을 것이다.

영어는 과연 보편어인가. 언젠가 학교 식당에서 옆자리 미국인이 일본인 학생에게 했던 말이 인상적이었다. "서툰 영어야말로 보편 언어예요." 꽤 납득이 가는 말이었다. 현실적으로 사용되는 보편어로서 영어의 효용이 가지는 한계까지도 명확히 하고 있기 때문이다.

한편으로는 자신의 입으로 발화된 영어에 대해 '당신이 그렇게 말하지 않았느냐'는 책임이 지워지는 데에 일본인들이 갖는 두려움 역시 이해가 가지 않는 것은 아니다. 패전 후 BC급 전범 재판에서는 그런 이유로 불이익을 받아야 했던 일들이 비일비재했을 것이다. 재판 기록에는 담기지 않은 그 바깥의 역사다.

반대로 지금 우리에게는 당시 재판관이 발화한 영어에 의심을 품을 자유 역시 주어져 있다. 오늘날 일본인들은 도쿄 재판극동국제군사재판에서 조지프 베리 키넌 수석검사가 '이것은 문명의 재판'이라고 규정했던 것에 대해 좌파 우파 가릴 것 없이 의문을 제기할 수 있다. 도쿄 재판 당시에는 인도 출신의 팔 판사가 주장하고 네덜란드의 뢸링 판사가 함께 의문을 제기하는 정도로 그쳤지만, 이제는 원폭 투하가 문명에 반하는 행위였음이 분명히 알려졌기 때문이다.

영어나 그 외 유럽 언어가 보편어라는 확신이 공유되던

패전 직후 일본의 학계에서도 일본어라는 현지 언어로 이의를 제기하는 사례가 없었던 것은 아니다. 예를 들어 사회학자 사쿠타 게이이치는 다자이 오사무의 작품 분석을 통해 루스 베니딕트가 일본 문화를 '수치의 문화'로 거칠게 규정한 것에 반박했다. 일본의 문화에는 수치와는 구별되는 '부끄러움'의 감각이 있다는 것이다.

갈림길에서

일문학자 마에다 아이와 잠시 서서 잡담을 나눈 적이 있다. 그가 곧 세상을 뜰 것이라고는 상상도 하지 못했다. 그때 자리에 앉아서 충분히 이야기를 나누지 못한 것이 두고두고 아쉽다.

그는 나쓰메 소세키보다 모리 오가이를 더 높게 평가했다. 그러면서도 소세키의 『문학론』이 던진 문학의 보편성에 관한 문제 제기에는 깊이 감탄했다고 했다. 당시 소세키가 가진 고민은 동시대 문헌을 아무리 많이 읽어도 좀처럼 해결할 수 없는 것이었다. 마에다 아이는 사회학 및 문화인류학의 성과를 바탕으로 그 질문에 대한 해결의 실마리를 찾아낸 것은 아이버 리처즈라고 했다. 단 이삼 분간의 짧은 대화였지만 기억에 남았다.

리처즈는 1930년부터 중국 베이징에서 세 명의 교수를 사사하며 2300년 전 맹자의 심리학을 연구한 사람이다. 그 성과를 공표한 것은 1940년. 중일전쟁 중에 미국 대학들이 중국을 지원하기 위해 개설한 강좌에서였다. 리처즈의 연구 성과는 『맹자의 오성Mencius on the Mind』으로도 읽을 수 있다.

베이징에서 연구를 진행할 무렵 리처즈는 삼십칠 세였다. 중국고대 연구자 세 명의 도움을 받았다고 하더라도 2300년간 제기된 수많은 해석을 현대 영어의 술어를 통해 하나의 의미로 모으는 것은 불가능에 가까웠다. 그래서 그가 시도한 것은 여러 의미의 방향성이 공존하는 형태로 정리하는 일이었다. 무엇보다 다른 풍경 속에 존재하는 위치를 지정하는 것이 중요하다고 생각했다. 다른 뜻의 정의가 공존하는 가운데 서로의 용어가 가진 의미의 차이를 가늠하고, 그것을 통해 서로의 접촉을 시도하는 방법이었다. 'A인가 B인가 C인가' 하는 차이를 남겨둔 채 의미의 기로와 미로를 있는 그대로 이해하려고 한 것이다.

리처즈는 이미 찰스 케이 오그던과 집필한 『의미의 의미The Meaning of Meaning』를 출간한 바 있다. 유럽과 아프리카를 시야에 넣고 '의미란 무엇인가'에 관해 여러 용례를 분석한 책이다. 그런 그가 서른일곱 살의 나이로 멀리 떨어진 중국 한자의 미로 속에 자신을 밀어 넣는 일은 매우 새로운 모험이었을 것이다.

리처즈는 영국에서 자신의 학생이었던 언어학자 윌리엄 엠프슨의 연구에서 실마리를 얻었다. 『모호성의 일곱 가지 유형Seven Types of Ambiguity』은 셰익스피어의 용례를 통해 모호한 의미의 형태들을 구분하여 모호한 표현의 효과를 분석한 책이다. 엠프슨 역시 일본과 중국에서 머물며 한자에 자극을 받았다. 상하이에서 일본군 비행기의 폭격을 받았을 때 그가 쓴 한 줄의 문장은 한문에 가깝다. "서 있다는 것의 핵심은 자신이 날 수 없다는 것에 있다."

나쓰메 소세키가 『문학론』과 한시를 통해 제기한 '경애境涯'는 리처즈와 엠프슨의 의미론과 더불어 반세기 넘게 이어져 오고 있다.

올 타임 베스트

잠에 빠져들 때 정신은 여러 개의 층위를 통과한다. 에드거 앨런 포는 그 도중에 살을 꼬집든 뭐든 해서 정신을 깨어나게 하고는 통과하는 단계들에 대해 적고, 이런 과정을 습관처럼 반복하며 생각을 쌓아나갔다. 그 방법은 그의 작품 『유레카』에 살아남아 있다. 이런 방법은 건강을 해친다. 폭주의 습관까지 겹쳐 포는 일찍 죽었다.

내 방법은 다르다. 나는 그와 반대로 잠에서 깨어났을 때 정신이 여러 개의 층위를 거쳐 돌아오는 과정에 대해 적는다.

소설가 가타오카 요시오가 '올 타임 베스트'라는 말을 가르쳐주었다. 평생 동안 읽은 책 중에 지금 이 순간 마음에 남아 있는 것을 고르는 것이란다. 잠에서 깨어난 내게 남아 있는 것은 무엇일까. 2003년 1월 8일 아침 현재 내 베스트 파이브를 골라보니 미즈키 시게루의 『갓파 산페이』, 이와아키 히토시의 『기생수』, 미야자와 겐지의 『봄과 아수라』, 윌프레드 오언의 「노래들의 노래Song of Songs」, 조지 오웰의 「고래 뱃속에서Inside the Whale」다. 문학사의 십대 명저나 구와바라 다케오의 『문학이란 무엇인가』에 등장하는 근대소설 백 선 같은 것과는 전혀 다른, 그 찰나에 떠오른 나의 올 타임 베스트다.

평상심에 가까워진 상태에서 다섯 권 더 골라 베스트 텐을 채워보았다. 루쉰의 『고사신편』, 사마천의 『사기』, 나쓰메 소세키의 『행인』, 톨스토이의 『신부 세르게이』, 도스토옙스키의 『카라마조프가의 형제들』, 마크 트웨인의 『허클베리 핀의 모험』…….

스무 권까지 생각하다 보니 거의 평소의 정신으로 돌아오는 것이 느껴진다. 존 위클리프의 『신약성서』, 크리스토퍼 이셔우드가 번역한 힌두교 경전 『바가바드 기타』, 제인 오스틴의 『설득』…… 만화도 빼놓을 수 없다. 쓰게 요시하루의 「초하치 여관長八の宿」과 『겐센칸 주인ゲンセンカン主人』.

이 리스트는 여든한 살 늙은이의 것이다. 열아홉의 나였다면 그때 읽었던 프랜시스 매시슨의 『미국의 르네상스 American Renaissance』의 영향으로 허먼 멜빌의 『모비 딕』을 미국 문학 최고의 작품으로 꼽았을지 모른다. 그러나 여든한 살을 먹으니 주저 없이 사사키 구니가 번역한 『허클베리 핀의 모험』을 꼽게 된다. 소설가 하니야 유타카는 마르셀 프루스트의 『잃어버린 시간을 찾아서』를 20세기 최고의 작품으로 꼽았지만 나는 『허클베리 핀의 모험』도 전혀 뒤지지 않는다고 생각한다.

죽기 직전 앙드레 지드는 어린 시절에 듣던 자장가의 한 구절("마시멜로같이 달콤한 사람")이 귓가에 맴도는 것을 두려워했다고 한다. 보통 이런 올 타임 베스트는 모든 장르를 망라한다는데 내게는 노래나 음악이 떠오르지 않는다. 꼭 골라야 한다면 「카추샤의 노래」라는 유행가를 고르겠다.

변하지 않는 척도

일본의 근대는 '왕을 높이고 오랑캐를 배척한다'는 의미의 '존왕양이'에서 '존왕'만을 남긴 채 새로운 정부 아래 서양의 여러 관습이 도입되면서 시작되었다. 지식인들의 언어에도 '○○는 낡았다'는 말이 뿌리내렸다. 그렇게 된 지 백오십 년 가까이 지났다.

처음에는 소수의 지식인이 유럽을 여행하면서 신지식을 들여왔다. 배로만 석 달이 걸리던 지식의 수입에도 점점 빨라지는 배의 속도만큼 가속이 붙었다. 그리고 전쟁으로 여러 해 동안 유입이 끊겼던 미국과 유럽의 새로운 관습과 지식은 이제 텔레비전을 통해 거의 실시간으로 흘러들어오고 있다.

'○○는 낡았다'는 식의 잣대는 여전히 유효한 것 같다. '사르트르는 낡았다', 이런 식으로 ○○에 무슨 말을 넣어도 이상하지 않다. 이 말은 메이지 시대 이후 백오십 년을 통틀어 가장 오랜 기간 이어져온 문화유산인지도 모르겠다.

일찍이 후쿠자와 유키치의 문하생이었던 후지타 모키치는 이 말에 매우 비판적이었다. 그는 『문명동점사文明東漸史』를 통해 지식인들이 국책을 맹목적으로 따르며 지위

상승만을 꾀하는 당시 풍조를 비판했다. 메이지 이전에는 와타나베 가잔, 다카노 조에이처럼 순전히 자발적인 동기에 따라 서양의 관습을 받아들였다는 것이다. 그의 족적은 그후 백오십 년간의 급격한 변화 속에서 완전히 지워지고 말았다.

'○○는 낡았다'는 잣대에는 어떻게 대응해야 할까? 첫째, 작가 쓰보우치 유조의 방법. '그래, 나 낡았다' 하고 신경 쓰지 않는다. 둘째, 작가 고다 아야의 방법. 그는 아버지 고다 로한에게서 물려받은 일본에서 가장 오래된 역사책 『고사기古事記』의 지식을 인용하며 자신을 낡았다고 비판하는 젊은이들을 망연자실하게 했다. 셋째, 오래된 것 사이에서 자기 자리를 찾아내 신지식에 대항한다.

일본의 근대사에는 문명이 에스컬레이터처럼 한 층씩 발전한다는 환상이 있다. 그 환상은 패전 이후 다시 부활했다. 일본 지식의 '종가' 미국에도 비슷한 면이 있긴 했지만 20세기 초반의 문화인류학자 앨프리드 크로버는 달랐다. 일족이 멸한 후 혼자서 도시에 모습을 드러낸 야히족 주민 '이시'를 만난 크로버는 이시의 뛰어난 사상에 감명

받아 그의 생활 방식과 성품에 대한 기록을 남겼다. 후에 이시와 크로버가 모두 세상을 뜨자 부인 시어도라는 크로버의 유고를 바탕으로 이시의 전기를 썼고 딸 어슐러 르 권은 이시의 그림자가 짙게 밴 『어스시의 마법사』를 썼다. 그리고 2003년에는 크로버의 두 아들이 이시의 전기 『3세기 속의 이시Ishi in Three Centuries』를 발표했다. 크로버 일가가 이시의 사상을 통해 문명인이 주도하는 문화제국주의 아래에서 문명에 대한 비판을 이어나가고 있는 것이다.

일본도 식민 지배를 했다. 그 속에서 일본 지식인들은 그런 노력의 흔적을 남기지 않았다. 온고지신이 신지식의 학습에 뒤지지 않는 중요한 방법이 될 날이 올 것이다.

'천천히'부터 시작하기

세월은 길게도 짧게도 느껴진다. 그것이 시간이라는 것의 성격이다.

시집 『이십억 광년의 고독』으로 작품 활동을 펼친 다니카와 슌타로는 어린 시절부터 예리한 시간 감각을 가진 사람이었다.

억 광년에는 비할 바가 아니나 내 생에도 긴 시간의 감각을 실감한 사건이 두 번 있었다.

한 번은 미일전쟁이 일어나기 직전인 1941년. 재미 일본 대사관의 와카스기 공사가 아직 미국에 남아 있던 일본인 유학생들 한 명 한 명에게 만년필로 쓴 편지를 보내왔다. 다음 귀국선을 타고 일본으로 돌아가라는 권유였다.

나는 신원보증인인 아서 슐레진저 교수를 만나 상의했다. 하버드대학 강사 쓰루 시게토도 합류했다. 미국사 교수인 슐레진저는 자신이 일본사 전문가는 아니지만 일본이 미국과의 전쟁을 시작할 것 같지는 않다고 예측했다. '미국의 흑선이 도착했을 때만 해도 가난하고 고립된 나라였던 일본은 열강 사이에서 놀라운 속도로 발전을 거듭해 독립국으로서의 위치를 확립했다. 그렇게 지혜로운 지도자들을 가진 나라가 미국을 상대로 패배할 것이 자명한 전쟁에 뛰어들 리 없다'는 논리였다.

쓰루도 미국 자본주의 대표와 일본 자본주의 대표가 비밀리에 절충을 시도하고 있을 것이며 곧 타협이 이루어질 것이라고 추측했다. 그러나 정치인 가정에서 자란 나는 당시 일본 정치인들의 습성으로 보아 전쟁은 막을 수 없을 것이라고 했다. 그때 인상 깊었던 것은 일본사를 전공하지 않은 슐레진저에게 남아 있던 '일본의 지도자는 현명하다'는 인식이었다. 그것은 그때로부터도 구십 년 전의 역사에서나 가능한 이야기였기 때문이다.

또 한 번은 1945년. 미군의 일본 점령기에 해군 군의관 신분으로 일본에 온 대학 동문 에릭 리버맨이 명부에서 내 이름을 찾아 부러 찾아온 일이다. 직접 만나는 것은 처음이었다. 그가 최고 우등상을 받고 하버드대학을 졸업했다는 사실도 나중에 알게 되었다. 그때 그는 미국이 앞으로 전체주의 국가가 될 것이라고 했다. 1930년대에 학생 신분으로 미국 생활을 경험한 나로서는 믿을 수 없는 이야기였다. 그러나 2001년 9월 11일의 동시다발 테러 이후

텔레비전에 등장해 "우리는 십자군"이라고 외치는 조지 부시 대통령의 연설을 보며 리버맨의 육십 년 전 예측이 틀리지 않았다는 것을 깨달았다.

총리대신이나 국회의원과 같은 장년 세대의 예측은 한두 해의 짧은 시간에 한정되기 쉽다. 설령 각자의 분야에서 정점에 서 있더라도 눈앞의 일에 매몰된 자에게는 역사의 장대한 파도가 쉽게 보이지 않는다. 군국주의 국가 시절의 기억을 더듬어봐도 '일찍 자고 빨리 먹는' 습관을 강요받는 군사문화적인 생활 속에서 먼 미래를 예측하는 일이 가능했을 리 없다.

일본이 조금씩 군국주의 국가로 회귀하고 있는 지금, 시대의 흐름에 저항해 '천천히 걷고 천천히 먹는 일'은 현실 비판의 확실한 방법일 수 있다. 최근에 쓰지 신이치가 주도하는 슬로푸드 운동이 시작된 것은 그래서 더 든든하다.

정치사의 맥락

사람을 죽이고 싶지 않았다. 소학교에 들어가기 전, 그러니까 1928년 관동군에 의한 장쭤린 폭살 사건의 소식이 사진과 함께 실린 호외가 집으로 배달된 날부터, 일본인이 나라 밖으로 나가 그곳의 사람을 죽이는 것에 대한 공포가 나를 따라다녔다. 이 사건은 학교에 들어간 뒤에도 뇌리에서 지워지지 않았다.

패전 이후 일본에는 전쟁을 하지 않겠다는 헌법이 생겼다. 그것 자체는 반가운 일이었지만 사람을 죽이고 싶지 않다는 다섯 살 때부터의 내 불안과는 동떨어진 논리가 신문과 잡지, 그리고 학교 교육에 가득했다. 그로부터 육십여 년 후 이라크 파병을 둘러싼 논의들을 보고 있으니 다시 한번 그때의 불안이 되살아난다.

이라크 전쟁 피해를 줄이기 위해 현지를 찾은 세 명의 일본인이 인질로 잡혔다 풀려났다. 이 사건에 대해 일본에서는 '일본 정부에 폐를 끼쳤다'며 비판하는 목소리가 드높다. 심지어 국회에는 '반일 분자'라는 표현을 쓰는 국회의원까지 등장했다.

'반일 분자'는 어린 시절에 자주 쓰이던 말이다. 당시

'폭도 지나^{중국의 옛 명칭}를 단호히 응징하자'라는 말과 함께 신문 지면을 채우곤 했다.

그 표현이 아직도 쓰이고 있다. 그것도 현대 일본 정치사의 맥락 속에서, 당시를 기억하지 못하는 국회의원에 의해 부활하여 다시 우리 앞에 나타났다.

콜린 파월 미 국무장관은 이라크에서 인질이 된 세 명의 일본인을 가리켜 이런 젊은이들이 더 많이 나오지 않으면 사회는 전진할 수 없다고 했다. 일본과 미국이라는 국가의 '전제' 자체의 차이를 알 수 있는 대목이다.

어째서 일본에서는 '국가 사회를 위하여'라는 거침없는 표현이 일반적으로 쓰이는 것일까. '사회를 위하여'와 '국가를 위하여'가 어떻게 동일시될 수 있는 것일까. 국가를 만드는 것은 사회이고, 게다가 국가 안에는 수많은 소사회가 존재한다. 그 소사회들이 국가를 지탱하고, 비판하고, 발전시킨다는 사실을 왜 모르는 것일까.

사십 년 전 베트남 전쟁 중에 미군에서 파병에 반대하는 병사들이 나오자 시노드(종교자 회의)를 통해 양심적 병역 거부자를 구제하는 제도가 마련되었다. 문제는 시노드의 구성에 따라 판정의 결과도 달라졌다는 것이다. 감리교계 캐나다인 목사로부터 부적격 판정을 받은 소년병을 집으로 데려온 적이 있다. 그가 '어릴 때부터 교회에 다녔는가' '성서를 어디까지 외우고 있는가' 등의 질문에 답할 수 없었기 때문이다. 그러자 한 유니테리언계 미국인 목사가 소년병을 직접 만나겠다며 우리 집을 찾아왔다. 그는 '어머니는 당신을 어떻게 가르쳤는가' '무엇이 옳은 것인가' 등을 물었다. 적격 판정을 받았다. 이후 다른 시노드를 구성하여 그의 적격 사유에 대한 증명서를 붙여 소년병을 돌려보냈다.

사람을 죽이고 싶지 않다는 감정은 '양심적 병역 거부'라는 법률 용어보다 훨씬 앞서 존재한다.

넘침에 관하여

시험 답안을 쓸 때는 단어의 정의를 외우고 그 정의에 딱 들어맞는 사례를 찾는 것이 필요하다. 그러나 학문을 개척하고자 할 때는 다르다.

찾아낸 사례를 아무리 밀어 넣으려고 해도 정의된 뜻의 바깥으로 밀려 나올 때 오히려 지적 쾌감을 느끼는 것이 학문을 대하는 적절한 태도다. 넘치는 사례를 우연히 만날 수도 있고, 처음부터 넘치는 사례를 찾고자 할 수도 있다.

루스 베니딕트는 미일전쟁 중 미국 내 포로수용소를 찾아 그곳에서 통역을 통해 모은 증언을 분석해 『국화와 칼』을 썼다. 일본에 한 번도 와본 적 없이, 게다가 일본어를 배우지 않고도 이런 탁월한 작업을 해냈다. 이 사례 분석을 통해 도달한 것은 '일본의 문화는 수치의 문화'라는 정의였다. 그러나 미국인이든 일본인이든 이 정의를 무비판적으로 받아들여 이에 들어맞는 사례를 찾아 답안을 쓴다면 결코 '넘치는 감각brimming'을 가질 수 없을 것이다. 이 '넘치는 감각'이야말로 살아 있는 학문의 감각이다.

'수치'란 상황 속에서 자신이 웃음거리가 될 때 가지는 감각으로 동시에 '웃음거리가 되지 말라'는 도덕을 만들어낸다. 그러나 이 도덕에도 넘치는 것들이 있다.

앞서도 썼듯 사쿠타 게이이치는 자신이 즐겨 읽던 다자이 오사무의 작품들이 '수치의 문화'에 부합하지 않는다고 보았다. 다자이는 도쿄의 이자카야에서 진보적인 도쿄대생들과 어울려 프랑스어의 번역어를 가지고 토론하던 중 갑자기 쓰가루 지역 소학교 동창의 시선이 등에 와 꽂히는 것을 느꼈다. 사쿠타 게이이치는 그때 진보적 도쿄대생 다자이와 쓰가루 출신 다자이라는 두 개의 시선 틈에서 '부끄러움'이 생겨났는데, 이것이 평생에 걸친 그의 문학적 원천이라고 했다.

또한 정신분석가 도이 다케오는 일본 문화를 보는 하나의 관점으로 '응석'을 내놓았다. 은애恩愛에 파묻힌 갓난아기의 감각이 일본인의 생활 감각 속에도 스며들어 있다는 것이다. 미국에서 활동하는 정신분석가 다케토모 야스히코는 도이의 견해에 또 하나의 관점을 보탰다. 일본어 사전을 보면 신분의 차이를 두지 않는 궁중 잔치에서 노인에게 응석을 부리는 놀이를 하던 풍습이 헤이안 시대의 용례에 등장하는데 이러한 감각이 오랜 세월에 걸쳐 일본인의 습관에 스며 있다는 것이다. 이런 것도 단순한 단어의 정의에서 넘치는 감각이라 하겠다.

메이지 시대에 학교라는 제도가 도입된 후 백삼십 년. 지금도 일본의 지식인에겐 좌우 불문하고 서구 학자의 정의에 맞는 사례를 찾아 답안을 쓰는 일이 곧 학문의 진보라 믿는 신앙이 자리 잡고 있다. 우리는 언제나 이 신앙에서 벗어나 새로운 방향으로 걸음을 뗄 수 있을까.

무소처럼 걸어라

"무소처럼 걸어라." 세토우치 자쿠초의 『석가모니』에서 오랜만에 이 문장을 다시 만났다. 이전에도 만난 적이 있다. 석가가 실존 인물이라는 데는 의심할 여지가 없지만 그가 했던 말을 모두 밝혀내는 일은 쉽지 않다. "무소처럼 걸어라"는 그가 했던 말이 틀림없어 보인다.

중국에도 일본에도 없던 뿔 달린 무소가 석가가 생존했던 시대의 인도에는 매우 많았다. 코끝에 달린 뿔은 그 속에 뼈가 없어서 일생 동안 성장을 계속한다. 백과사전에는 '성질은 느리고 둔하며 시력이 매우 약하나 후각과 청각은 발달했다'고 나와 있다.

오래전에 읽은, 인도인 아난다가 옮긴 불경을 보면 석가는 "너 자신을 등불로 삼으라"고 했다. 스스로가 등불이 되어 자신이 나아갈 길을 밝히라는 것이다. 자신의 뿔을 길잡이 삼아 혼자서 걷는 무소의 모습을 연상시키는 말이다.

멕시코에서 만난 한 중국인 교수는 중일전쟁 중에 아버지로부터 '일본인에게 마음을 터놓아선 안 된다. 일본인은 개인으로는 선한 사람으로 보여도 국가의 방침이 바꾸면 손바닥 뒤집듯 변한다'고 배웠다고 했다.

일본에는 무소가 많지 않다. 메이지 시대 이전 에도 시대의 사상가 도미나가 나카토모는 세상에 왜 이렇게 경전이 많은지 궁금했다. 그는 상인의 아들답게 '돈을 벌기 위해' '승려가 먹고 살기 위해'라는 답을 냈다. 그리고 그 가설을 유교나 도교에도 적용할 수 있다는 것을 깨달았다.

열네 살의 존 만지로는 폭풍우에 휩쓸려 착륙한 무인도에서 동료와 함께 식량을 찾아 먹고 버티다가 미국 포경선에 구조되었다. 선장은 영리한 만지로를 미국 동부로 데려갔고 만지로는 그곳에서 학교 공부를 하고 통 제조 기술을 배웠다. 그는 끝까지 일본에 돌아가겠다는 꿈을 버리지 않았고 결국 목숨을 건 모험 끝에 무사히 돌아왔다.

도미나가도 만지로도 메이지 이전 시대여서 나올 수 있었던 인물이다. 메이지 시대에 들어서 국가가 학교 제도를 통해 서구 문명을 일본 전국으로 전파한 이래 일본의 사상은 밋밋해졌다. 이런 환경에서는 쉽게 무소를 찾을 수 없다. 출판으로 보자면 무소를 찾는 것은 편집자의 일이다. 그러나 실제로는 대부분 지식을 운반하는 데 그친다. 그런 가운데 전시와 전후에 특별한 재능을 가졌던 편집자로 내 기억에 남아 있는 사람들이 있다. 하야시 다쓰오, 하나다 기요테루, 다니가와 간 등이다.

　일찍이 사마천은 천리를 가는 말은 어느 시대에나 있지만 각 시대에 이를 알아볼 자는 그리 많지 않다고 한탄했다. 천리마는 빠르고 무소는 느리다. 그러나 혼자서 천리를 갈 수 있다는 점에서는 다르지 않다.

에드거 앨런 포의 되감기

앞에도 썼듯 애주가였던 에드거 앨런 포는 잠에 빠져들 때 내려가는 여러 층의 의식 속에서 영감이 떠오르면 어떻게든 자신을 깨우고 다시 한번 의식의 표면으로 돌아가서 글을 썼다고 한다.

물론 건강에 좋을 리 없다. 포가 단명한 건 술 때문만은 아닐 것이다.

나는 눈을 뜰 때 여러 층의 의식이 기억에 남아 있는 사이에 그 흔적을 글로 옮긴다. 무의미할 때도 많지만 가끔 괜찮은 생각과 만나기도 한다.

인간은 있어도 되지만 없어도 된다는 감촉도 그중 하나다. 거기서 한 단계 더 깨어나면서 인간은 있어도 되지만 만약 있다면 이유를 달아 서로 죽이지 않아야 한다는 생각으로 진입한다. 그리고 그 생각은 절대로 움직이지 않는다.

이런 것도 있다. '있다'는 감각. 의식 깊은 곳에 있을 때 그 감각을 지우는 것은 불가능하다. '없다'는 방향으로 가기 위해서는 다소의 상상력이 필요한데 가물가물한 의식의 바닥에서는 그럴 수 없기 때문이다. 결국 '있다'라는 감각만이 남는다.

의식 표층까지 거슬러 올라온 후에도 또렷해진 의식 사이에는 여전히 가물가물한 의식의 중심이 남아 있다. 흐르는 시간에 맞춰 빙글빙글 도는 팽이를 가운데서 지탱하는 축처럼, '있다'는 것을 부정할 재주 따위는 없는 어리석은 자신이 거기 있다.

소멸을 향해 가는 늙은이가 느끼는 이 감각은 스스로 상상력을 발휘해서 자신이 '없는' 상태를 의식으로 끌어들여 끊임없이 죽음을 두려워하던 어린 날의 감각과는 전혀 다르다. 지금 내가 죽어 사라진다면 그땐 또 어떤 다른 감각을 가지게 될 것이다. 그것이 나 자신인지 아닌지는 별개로 말이다.

이미 철학사에서 누군가가 이런 감각을 이야기했을지도 모른다. 그러나 그 출전을 찾아 정확하게 인용하는 순간 나는 이미 또 다른 먼 곳에 있을 것이다. 멍해지는 의식을 쥐어보면 그 의식의 중심에 있는 것은 '있다'는 감각뿐이다.

어제까지 할 수 있었던 일이 하나둘씩 마음대로 되지

않는다. 이 길의 끝에 기다리고 있는 것도 결국 '있다'는 감각뿐일 것이다.

지금 무엇인가를 단념해야 한다는 사실이 비참하거나 쓸쓸하지는 않다. 사람은 누구나 많은 일을 하고 살며 단념도 그중 하나일 뿐이다. 그러므로 나는 겨울 저편에 있는 봄을 믿는 대신 '있다'는 감각이 나를 끝까지, 아니 끝이라는 것을 알 수 없이 지탱해줄 것이라고 믿는다.

3

나만의 색인

기억의 재편집

극작가이자 영화감독인 데라야마 슈지는 자신이 살아 있는 동안에 기억을 잃을지도 모른다는 공포를 안고 살았다. 아마도 젊은 시절 불치병으로 진단받았던 신장증 때문일 것이다. 병의 위험에서 벗어난 후에도 그 불안은 그를 떠나지 않았다.

중년의 데라야마가 감독한 영화 「안녕 하코부네」를 보면 책상, 의자 같은 주변의 모든 물건에 이름을 써 붙이는 장면이 나온다. 그런 의미에서 한자는 편리한 글자다. 문자가, 아니 단어가 그대로 그림이 되기 때문에 외우기 쉽다.

그림으로 외워버리면 언어를 잊어버려도 원하는 필요한 물건을 집을 수 있을 것이라는 환상.

나에게도 데라야마와 비슷한 공포가 있다. 신장증이 아니라 우울증에서 온 공포다. 고령에 접어든 이후로는 기억이 가물가물해져 점점 더 한자에 의지하게 된다.

'있는' 것 중에 기억해내고 싶은 이름을 찾아내는 작업은 인생의 끝으로 향할수록 더 어려워진다. 사회학자 사토 겐지에 따르면 고령의 노인이 무엇을 잊어가는가에 따라 그 사람이 가진 생각의 근원이 명확해진다고 한다. 그래서 쉽게 잊는 것이 무엇인지 스스로에게 반복해서 물으며 확인한다고 했다. 민속학자 야나기타 구니오에게는 그것이 지명, 특히 일본 국내의 지명이었다. 기억하고 있는 지명을 이어가며 자신의 기억의 순서를 재보고는 했다.

음식의 맛을 색인하는 사람도 있을 것이다. 뛰어난 시인이라면 소리의 울림을 기억할 테다.

자신을 하나의 도서관 혹은 박물관이라고 치면 나이가 들고 몸과 정신이 퇴보하는 정도에 맞춰 그 안의 분류 방법을 바꿀 수밖에 없다.

나는 사람의 이름에 집착하는 쪽이다. 어떤 사람의 이름이 떠오르지 않으면 불안해진다.

가깝게 지낸 철학자 하시모토 미네오는 술기운이 오르면 같이 있던 사람의 얼굴에 대고 "당신 누구야?"라고 묻고는 했다.

또 다른 친구 야마다 미노루는 버스 안에서 자신에게 인사를 건넨 사람의 이름을 떠올리려다 심한 멀미를 느끼고 중간에 내린 적이 있다고 한다.

내 기억에서 사람들의 이름이 사라져간다. 지명은 훨씬

더 빠르다. '있을' 뿐인 망망대해를 향해 나아가는 기분이다. '있다'의 저편에 '없다'가 있을 것이라는 이 상상력도 곧 사라지고 나면 나는 '그저 있을 뿐인 상태'가 되어 사라질 것이다. 그때까지 내 기억 속 색인을 계속 편집해나가려고 한다.

별명으로 시작하기

여든두 살이 되어 돌아보니 소학교 육 년은 참 즐거운 시간이었다. 그 학교에서는 별명을 짓는 수준이 높았다. 그래서 더 기억에 남는지도 모르겠다.

별명을 잘 짓는 비결은 원심력을 활용하는 것이다. 예를 들어 옆자리 아이를 '스사노오노미코토고대 일본의 신'라고 부르는 순간 이천 년의 세월을 거슬러 고천원高天原의 높이에서 지금의 소학교를 내려다보게 된다. 그것이 참 재미있다. 당시에는 신화가 소학교의 공통 교양과목이었다.

소학교를 졸업하고 입학한 칠 년제 중고교 통합 학교에서는 별명의 수준이 너무 낮아 실망이 이만저만이 아니었다.

『타다노본지只野凡兒』 같은 유명한 신문 만화의 주인공 이름을 그대로 가져다 별명을 붙이는 건 실격이다. 소학교 때부터 공부만 파다 입시 전쟁을 뚫고 입학한 여든 명의 중학교 신입생은 별명을 붙이는 재주는 둘째 치고 그걸 잘 즐기지도 못했다. 별명 붙이기는 노력한다고 쉽게 되는 것이 아니다.

'전기'라는 형식도 그런 것 같다. 훗날 존 오브리의 『짧은 삶Brief Lives』을 읽고 인물의 인생을 압축해서 정리하는 짧은 전기 '소전'의 탁월함에 감명받은 적이 있다. 또 영국의 신문 부고란을 집대성한 책을 읽어보면 소학교의 별명 붙이기처럼 동시대인의 특색을 잡아내는 습관이 그 나라에서 오랫동안 이어져왔다는 것을 알 수 있다.

사상가 가토 슈이치가 미국으로 건너온 영국인 사서에게 영국의 전기 문화를 칭찬하자 '역사라는 것은 전기 그 자체'라는 대답이 돌아왔다고 한다. 전기에 대한 영국인의 의식을 짐작하게 하는 말이다.

긴 전기에서 짧은 전기로, 짧은 전기에서 별명 붙이기로 나의 인식을 계속해서 끊여왔더니 이제는 증류되어 노인용 기억에 저장되었다. 나는 지금도 마흔두 명의 소학교 친구를 별명으로 기억하고 있다.

오브리의 짧은 전기에 나오는 토머스 홉스는 장수한 것으로 유명하다. 매일 밤 침실에 들어가 방문을 잠그고 노래를 부르는 습관이 있었는데 스스로의 건강을 위한 습관이라 본인 이외에 그 노랫소리를 들어본 사람은 없다고 한다.

홉스는 영국혁명의 동란 중에 쌍둥이로 태어났다. 그는 유아기의 공포에서 벗어나지 못했다. 홉스의 『리바이어던』을 읽어보면 자신의 한 생명을 지키기 위해서라면 개인이 무엇이든 할 수 있다고 보는 강한 개인주의적 사상이 문장을 지탱하고 있다. 그가 전제적 지배를 허용한 것도 바로 각 개인의 생명을 지키기 위해서였다. 그런 의미에서는 사상적으로 반대편에 서 있는 장 자크 루소가 오히려 홉스보다 더 전체주의에 가깝다고 할 수 있다.

일본으로 돌아와 대학에 취직했을 때 공동 연구자들이 홉스에서 루소, 마르크스, 레닌으로의 흐름을 단계적인 진보로 전제하는 것을 보고 당황했다. 전기에는 그런 역사에서 넘치는 것이 담겨 있다.

조사

사상가 요시모토 다카아키의 『추도일기追悼私記』에 실린 '후기'가 기억에 남는다. 그는 '부탁받은 추도문을 한 번도 억지로 쓴 적이 없다'고 했다. 그중에서도 1971년 2월에 쓴 작가 미시마 유키오에 대한 추도문이 인상적이다.

지행이 일치하는 것은 동물뿐이다. 인간도 동물이다. 그러나 불가피한 지행의 불일치를 통해 처음으로 인간적 의식이 생겨나면서 인간은 동물이면서 인간으로 불리게 되었다. '지知'란 행동의 한 양식이다. 그것이 손과 발을 움직여서 행동하는 것과 전혀 다르지 않은 같은 의미의 행동이라는 것을 생각하고 또 생각해야 한다. 하찮은 철학은 하찮은 행동으로 귀결된다. 양명학이 무엇이란 말인가. 이론과 실천의 변증법적 통일은 또 무엇이란 말인가. (중략) 이런 철학에 경도된 자가 권력을 획득했을 때 무슨 짓을 저지르는지는 세계사적으로 이미 증명되었다. 이런 철학의 내부는 인간이 스스로 동물이 되거나 타자에게 동물이 되도록 강압을 가하는 것, 둘 중 하나뿐이다.

미시마의 죽음에 관한 동시대의 글 중에서도 매우 훌륭한 문장이다.

미시마가 자결했을 때 텔레비전으로 뉴스를 접한 어느 학생이 소식을 알려주었다. 나는 곧바로 다섯 살 아들을 데리고 집을 나와 가까운 기타노텐만구 신사로 향했다. 신문사의 인터뷰 요청을 피하기 위해서였다. 마침 공양을 올리는 연일緣日이어서 단고를 사먹었다. 미시마에 대한 코멘트를 요구하는 사람과는 만나지 않을 셈이었다. 그의 갑작스러운 죽음에 대해 '당혹스럽다' 말고는 할 수 있는 말이 없었다.

지금까지도 미시마에 관해서는 쉽게 정리가 되지 않는다. 패전 후 발표된 「하루코春子」 같은 작품도 좋았고 1960년 미일 안보투쟁 이후에 나온 「기쁨의 고토喜びの琴」에도 공감했다. 그것은 좌나 우 어느 쪽의 감정에도 휩쓸리지 않고 정치의 형태만을 직시하는 경찰관의 조형물 같았다.

저자 미시마가 일으킨 자결이라는 정치 행위에는 납득하기 어렵다. 다만 그가 스스로를 내던진 방식에서 자신을 뛰어넘는 자세를 보기도 한다. 나는 그렇게 스스로를 뛰어넘는 형태를 하찮게 여길 수 없다. 하지만 수화기 너머 신문기자에게 말한다고 이 마음이 전해질까. 그날 나는 결국 미시마의 죽음에 대해 한마디도 하지 않았다.

미시마 유키오를 추모하는 마음은 삼십여 년이 흐른 지금도 여전히 가지고 있다. 그러나 한편으로는 한국 시인 김지하의 시 「아주까리 신풍—미시마 유키오에게」가 그의 죽음에 던진 조소도 부정하지 못하겠다. 지금도 나는 여전히 미시마의 자결이 당혹스럽다.

추도의 말은 일상의 말과 다르지 않다. 시기를 놓칠 때가 있다.

보이지 않는 노력

칠십여 년이 지난 지금도 소학교 교장 선생님은 잊히지 않는다. 일학년 때 구舊 도쿄를 가로질러 전차를 갈아타고 학교를 다니는 것은 여간 힘든 일이 아니었다. 다른 학생들도 다르지 않은 듯 몇몇 일학년생이 조례를 하다 쓰러지는 날도 있었다.

그럴 때면 교장 선생님의 훈시는 매우 짧았다. "오늘은 날씨가 좋군요." 이렇게 말하고 단상에서 내려오는 날도 있었다. 전교생 팔백 명을 앞에 두고 그 한 문장뿐이었다. 내가 노인이 된 지금 생각해봐도 신기하다. 보통 높은 지위에 오른 사람은 은퇴를 해도 말이 긴 법이다. 결혼식 피로연에서 끝도 없이 말을 이어가는 사람도 대부분 그렇다.

교장 선생님은 비 오는 날 교내 복도에서 마주치면 "○○군, 잘 지내지?" 하고 이름을 부르며 말을 걸어주곤 했다. 모든 일학년생에게 그랬다.

처음 학교에 들어가 전교 팔백 명 속에 섞이면 일학년생들은 공포를 느낀다. 재미있을 틈이 없다. 조례 시간 말고도 이따금 교장 선생님 말씀을 들을 일이 있었는데 그럴 때면 조금 긴 이야기를 해주시고는 했다. 그중 일고여덟 개는 아직도 기억이 난다.

당시 교장 선생님은 노년기에 접어든 분이었다. 여든두 살이 되어 생각해보니 아이들의 이름을 외우는 일은 쉬운 일이 아니다. 분명 신입생들의 사진과 이름을 맞춰보며 외우는 노력을 했을 것이다. 단순히 명부를 읽는 것과는 달랐다. 언제 마주쳐도 자연스럽게 이름을 불렀다.

소학교를 졸업하고 십여 년쯤 지나 나는 미국의 포로 수용소에 있었다. 거기서 변소 청소의 요령을 가르쳐주던 우에스기라는 이름의 흰 수염 난 노인이 있었다. 내가 당번을 맡은 날 우에스기 할아버지는 나에게 고등사범부속소학교 출신이냐고 물어왔다. 그렇다고 대답하자 "자네들 교장 선생님이 존 듀이와 만나고 싶다고 해서 소개한 적이 있지"라고 하는 것이 아닌가. 아, 그때 그 짧은 훈시는 존 듀이의 프래그머티즘(실용주의)의 영향이었나? 마주칠 때마다 이름을 불러주던 것도 듀이의 교육론의 영향이었던 것일까?

프래그머티즘은 메이지 시대에 들어선 후 윌리엄 제임스를 통해 세 명의 지식인에게 커다란 영향을 끼쳤다. 나쓰메 소세키, 철학자 니시다 기타로, 야나기 무네요시. 그 이후로는 일본 철학자들 사이에서 사라져버렸다. 그런 일본에서 제임스가 아닌 듀이를 통해 들어온 프래그머티즘이 대학의 철학 교수와는 거리가 먼 사사키 슈이치라는 소학교 교장의 교육으로 계승되고 있었던 것이다.

별명

열아홉 살에 미국에서 미일전쟁을 맞았다.

혼자 다락방 하숙집에서 대학을 다니는데 미래가 전혀 보이지 않았다. 어느 날 찢어질 듯한 고통을 느껴 살펴보니 배에 뭐가 나 있었다. 고름이 나오는 부종도 아니고 도무지 알 수가 없었다.

의대 병원에 갔더니 헤르페스란다. 의사는 딱히 치료법도 없다며 마시는 모르핀을 처방해주었다. 마시면 고통도 가라앉을 것이고 시간이 지나면 자연 치료되어 재발하지 않을 것이라고 했다. 그러나 모두 틀린 말이었다. 1942년 당시의 의학 지식은 그랬다.

학교는 하루 정도 쉬었던 것 같다. 일대일 세미나만 마치면 반년 후에는 졸업을 하게 될 터였다. 그때 나는 하버드대학을 다니는 유일한 일본인 학생이었다.

전쟁이 일어난 다음 해 겨울이었다. 삼 층 하숙집에서 밖을 내려다보니 어느새 눈이 내리고 있었다. 스피노자의 『에티카』에 나오는 존재로 생각하면 존재, 의식으로 생각하면 의식인 나 자신이 거기에 있다고 느꼈다.

누운 채로 책을 읽다가 졸리면 그대로 잠들었다. 이따

금 쓰고 싶은 것이 떠오르면 책상에 앉아서 쓰던 논문을 이어갔다.

잠을 이루지 못할 때면 소학교 때 친구들을 떠올렸다. 육 년을 꼬박 같이 다닌 친구들이다. 남학생 스물한 명, 여학생 스물한 명, 마흔두 명의 반은 졸업까지 한 번도 바뀐 적이 없다. 친구들 한 명 한 명의 이름과 얼굴을 떠올렸다. 전쟁의 상대국인 미국에서 혼자 올리는 나의 장례식이었다.

일주일에 한 번씩 하는 각혈을 시작한 지 이미 일 년이 지난 때였다. 학교에는 알리지 않았다. 이미 미국과 일본의 국교도 끊겼으니 일본에 돌아갈 수도 없었다. 학교에 알리면 휴학 처리가 될 것이고 그럼 오 개월 후의 졸업도 날아가게 될 것이었다. 졸업이 연기되기라도 하면 다음 일 년을 버틸 돈이 없었다.

그래도 평안했다. 그건 『에티카』의 저자가 폐결핵을 앓았을 때의 평안과 맞닿아 있는 것 같았다.

그때 한 명 한 명 떠오르는 친구들의 이름이며 얼굴과 함께 한 명 한 명의 별명도 떠올랐다. 그중 몇몇은 내가 직

접 붙인 것이다. 그만큼 나는 개구쟁이였다. 그때 하숙비
는 일주일에 칠 달러였다.

반동의 사상

자신이 죽고 난 후의 세상을 상상하기는 쉽지 않다. 그러나 전쟁 중에는 그런 상상이 일상생활의 일부가 된다. 군에서의 주된 일과는 단파방송을 듣는 것이었기 때문에 내가 어떤 상황에서 죽게 될지, 그 죽음이 전쟁의 어디쯤에서 일어나고 그후로 전쟁이 어떻게 진행되어갈지 자주 상상하고는 했다.

이런저런 예상을 적어놓고 가끔씩 꺼내 보기도 했다. 당연히 내부의 누구에게도 들키면 안 되는 일이었으므로 영어로 '진단 소견서'라고 적힌 봉투를 만들어 그 안에 넣어두었다.

미군 쪽 방송에 따르면 미국과 일본의 전투가 벌어진 애투섬에서 살아남은 일본군은 거의 없었다. 마킨섬과 타라와섬의 생존자는 그보다 조금 많았고 사이판섬에서는 조금 더 많았다. 내가 있던 곳은 적과 마주하고 있다는 점에서는 최전선이었지만 현지인의 수가 많은 큰 섬이었기 때문에 일본군도 많았다. 아름답고 명예롭게 죽는 것, 즉 옥쇄玉碎라는 것이 가능하다면 그건 어떤 형태일까. 나와 동료들의 옥쇄를 함께 상상하는 일은 쉽지 않았다.

그렇다고 주변 사람들이 죽음을 결심하는 가운데 혼자만 사는 길을 찾기도 어려웠다. 동료들로부터 떨어져서 혼자 조용히 죽는 방법을 찾아야겠다고 생각했다.

내가 죽은 후에도 옥쇄의 파도는 계속될 것 같았다. 그게 어디에서 멈출지 알 수 없었다. 시간이 흐른 후에 일본에서 새로 권력을 잡을 정권에 대한 기대도 없었다.

목숨을 부지해야겠다는 강한 열망이 있는 것도 아니었기 때문에 책을 고를 때도 삶의 희망을 가질 만한 것을 고르거나 하지 않았다. 마을에 가면 네덜란드인이 내다 판 헌책을 싸게 구할 수 있어서 학생 때도 크게 관심 없던 칸트 전집, 쇼펜하우어 전집, 스트린드베리 전집, 고티에 전집 등을 사 읽었다.

철학과 학생이 아닌, 당시 군에 있던 나에게 가깝게 다가온 건 쇼펜하우어의 수필과 스트린드베리의 희곡이었다. 그리고 칸트보다는 에픽테토스와 마르크스 아우렐리우스 같은 스토아학파의 책들이 더 잘 읽혔다.

시집은 윌프레드 오언의 『기묘한 조우Strange Meeting』와 『인식표에With an Identity Disc』, 찰스 해밀턴 솔리의 『허리띠를 풀고 달리는 사람들의 노래The Song of the Ungirt Runners』
같은 것이 좋았다. 죽어 있는 자로서 자신을 바라보는 스
무 살의 기분을 느낄 수 있었기 때문이다. 모두 헌책으로
산 해적판이었다.

이 전쟁에서 살아남아 조국 재건의 일꾼이 되어야겠다
는 생각 따위는 해본 적이 없었다.

여러 해가 지나 정치학자 마루야마 마사오의 논문「반
동의 개념反動の概念」을 읽으면서 거기 나오는 급진, 진보,
보수, 반동의 분류로 본다면 나는 반동에 속할 것이라고
생각했다. 물론 마루야마의 사상 구분에 따르면 인간에
대한 반동이 아니라면 반동이라는 개념 그 자체는 악이
아니다.

조상 찾기

사람의 이름에는 그 부모의 희망이 들어 있다. 물론 성씨는 아니다. 돈을 주고 족보에 새로 성씨를 만들던 난세가 있기도 했지만.

히데요시라는 이름은 히요시마루에서 도키치로를 거쳐 다시 바뀐 세 번째 이름이다. 농민 출신인 그는 권력이 커질 때마다 족보를 고쳐 쓰며 결국 도요토미 히데요시가 되어 다이라 가문의 후예를 자칭했다. 삼백 년이 지나 메이지 시대의 초대 수상이 된 이토 히로부미의 이름도 청년기의 이름 슌스케를 개명한 것이다.

영국에서는 벤저민 디즈레일리가 베컨즈필드 백작이 된 것처럼 귀족명을 받으면 청년기 이름을 바꾼다. 이를 가리켜 좌파 역사가는 청년기에 저지른 범죄를 숨기기 위해서라고 비꼬기도 한다.

토템 폴Totem Pole은 그보다 훨씬 더 장대한 계보로 이루어져 있다. 자신이 어떤 동물 부족의 후예인지를 통해 지구 위 위치를 정한다.

우주의 역사 속 동물, 식물, 광물 중에 자신을 위치 짓는 방법도 있고, 핏줄이 아닌 타자와의 관계 속에서 자신의 정체성을 규정짓는 방법도 있다.

　그중 하나가 하이쿠 모음집『하이카이사이지키俳諧歲時記』다. 무엇인가의 옆에 살며시 서는 몸짓과도 같은 상상력 속에서 자신의 정체성을 찾는다.

　영국의 시인 허버트 리드는『초록의 아이The Green Child』라는 단 하나의 소설을 남겼다. 소설 속 주인공은 남미로 건너가 혁명을 성공시키며 한 나라의 지도자가 되지만, 이내 나랏일의 온갖 잡무에 싫증을 느끼고 쿠데타를 기획하여 자동차 폭발로 사망한 것으로 꾸며 그곳을 탈출한다. 영국으로 돌아왔으나 가족은 이미 모두 죽고 아는 사람도 하나 없는 고향을 돌아다니다 우연히 어떤 남자의 폭력으로부터 한 여자를 구하고 그녀가 이끄는 대로 강 속으로 들어가 강바닥에 있는 다른 세계에서 살게 된다. 그곳의 질서를 따라 살다가 노인이 된 그가 은퇴를 요청하자 장로가 거미와 도마뱀 중 하나를 고르라고 하고 그는 거미를 골라 동굴에 들어간다. 마음은 자신 이외의 것을 보지 못할뿐더러 자신을 잃어버리기도 한다는 장로의 말과 더불어 그는 동굴에서 거미를 벗 삼아 살다 죽음을 맞이한다. 매일 동굴로 배달되던 아주 적은 양의 물과 식량과 함께.

『죽음의 수용소에서』를 보면 아우슈비츠 강제 수용소에 감금된 프랑클이 같이 수용된 한 노년의 여인에게 이렇게 묻는다. "어떻게 그렇게 매일매일 활기차게 지낼 수 있죠?" 그러자 그녀는 길가에 보이는 나무 한 그루를 가리키며 대답한다. "저는 저 나무거든요." 족보 장수에게 돈을 주고 자신을 고대 명가의 후예로 만드는 것과는 비교할 수 없는 경지가 아닌가.

서서히 친해지는 친구

소학교 땐 동급생과 상급생, 하급생을 다 포함해서 얼굴로 알아볼 수 있는 사람이 팔백 명이나 되었다. 졸업 후 팔십 년을 넘게 살면서 단 한 번의 재회로 친해진 사람이 있다. 나카이 히데오다.

최근 그의 유고집 『나카이 히데오 전중일기―저편에서 中井英夫戰中日記―彼方より』 완전판이 가와데쇼보신샤에서 출간되었다. 나카이는 살아 있다면 올해 나와 같은 여든셋이 되었을 것이다. 그보다 훨씬 젊은 가와사키 겐코와 혼다 쇼이치의 해설을 통해 그를 현재로 불러왔다.

1943년 학도병에 소집된 나카이는 도쿄 미야케자카의 참모본부에서 전쟁을 저주하는 일기를 쓰고 또 썼다. 유고집은 그 일기를 중심으로 엮은 것이다. 그중 가와사키의 해설에서 인용된 내용이 특히 흥미로웠다.

미토 항공통신학교를 다니던 내 동기 중 한 명은 천우보유天佑保有 운운하는 「대동아전쟁 개시에 관한 칙어」를 암송할 때마다 상관이 사라지고 나면 "아아, 어서 「대동아전쟁 종결에 관한 칙어」를 외우고 싶다"라고 투덜거리곤 했다. 당시 학도병 사이에서 이런 불경스러운 말은 당연한 것이어서 누구 하나 뭐라 하는 사람이 없었다. 그런데 몇 년 전에 바로 그 학도와 한참 만에 재회하게 되어 그 이야기를 꺼내니 "나는 그 전쟁에서 거룩하게 죽을 마음을 먹고 있었으므로 그런 말을 했을 리가 없다"고 펄쩍 뛰어 깜짝 놀랐다. 이십오 년의 세월은 사람의 '혼네本音'본심와 '다테마에建前'겉으로 드러나는 마음도 뒤바꿔버리는 모양이다. 그는 이십오 년 전 상관이 원했던 이상적인 모습을 현재의 자신에게 덧씌워버린 것이다. 하지만 그것을 따지기보단 모두 내 환청이었던 것으로 치는 편이 나은지도 모르겠다. 이 책은 그런 내 환상과 환청의 기록이다. 오직 분노만이 지금껏 그것들을 지탱해주었다.

이 문장을 통해 나는 전시의 군국 시대 언론이 그랬던 것처럼 전후의 민주주의 시대 언론도 국민의 의견을 조종하는 힘을 가지고 있다는 것을 새삼 깨달았다. 특히 대학을 나온 지식인은 평균 열여덟 해 동안 학교에서 교사에게 학습을 의존하는 습관이 몸에 배는 터라 학교를 떠난 후에도 그런 힘에 쉽게 대항하지 못한다. 전쟁 중에도 전

후에도 나카이 개인은 오직 분노로 그 힘에 대항했던 것이다.

마침 나카이의 유고집과 함께 도착한 동인지 『바이킹』 654호에는 이런 문장이 쓰여 있었다.

생각해보면 지금은 '전향'이나 '전향자' 같은 말 자체가 무의미해진 시대가 아닐까. 매스미디어를 보면 패전 후 좌파라고 여겨지던 사람들이 희희낙락 천황의 훈장을 받는 시대가 되었으니. 그렇다면 나는 어떤가.

_오쿠라 데쓰야, 「다시, 쇼와 유격대를 생각한다ふたたび昭和遊撃隊のことなど」

내가 정의하자면 대학이란 '개인을 그 시대 수준에 맞춰 조종하는 기관'이다.

여름방학이 끝나고

일본의 지식인은 기억력이 짧다. 메이지 시대부터 이어져온 학교 제도 때문이다.

메이지 6년에 전국에서 시작된 학교 제도는 '교사가 문제를 출제한다, 그 문제의 정답은 교사가 낸 답이다'라는 전제 위에 서 있다. 학생들은 학교에 들어오기 전에 각각 여섯 살까지 여러 일을 경험하고 알게 되는데, 경험을 통해 스스로 문제를 내고 답하는 습관은 학교 교육에서 배제된다.

거기에 대학까지 진학해서 무려 열여덟 해를 스스로 문제를 내본 적 없이 살고 나면 문제란 부여되는 것이고 그 답은 오직 교사만이 알고 있는 것이라는 믿음과 습관이 일본 지식인의 습성 그 자체가 되고 만다. 그런 의미에서 지금 일본이라는 국가의 교사는 미국이다.

게다가 교사는 일 년마다 바뀐다. 중학교, 고등학교, 대학교를 다니면서 새로 만나는 교사의 정답을 재빨리 파악하고 답안을 제출하는 것이 지식인의 습성이 될 수밖에 없다.

이렇게 '전향'을 이상하게 여기지 않는 습성이 메이지

시대 이래 일본 지식인의 성격이 되었다. 대학의 교육학부가 키워낸 교사에게서 메이지 시대 이전의 서당 데라코야寺子屋의 기풍 같은 것은 찾아볼 수 없다. 그 역시 지식인이 가진 공통의 습성으로부터 자유로울 수 없기 때문이다.

1945년 여름방학이 끝나고 전국 각지의 소학교, 중학교, 고등학교, 대학교에서 학생들과 오랜만에 만난 교사들은 민망하고 곤란한 경험을 해야 했다. 여름방학 전까지 자신들이 가르치던 것과 정반대의 이야기를 학생들에게 해야 했기 때문이다.

그런 시대적 전향의 체험 속에서 등장한 사람이 무차쿠 세이쿄다. 소학교 교사로서 그는 교육자의 아우라를 잃어버린 적이 없다. 출가해서 승려가 된 후로도 점수로 사람을 판단하지 말자는 교육운동을 계속했다. 현대 일본에서 이런 교사는 내가 아는 한 매우 드물다. 교사 대부분은 그런 자세를 소학교, 중학교, 고등학교, 대학교를 거치며 잃어버리고 만다. 무차쿠 세이쿄가 승려가 된 것도 현대 일본의 학교에는 그가 있을 자리가 없었기 때문이다.

최근 학교 기념식에서 일제히 '기미가요'를 부르기 시작했다. 패전 후 이 의례를 다시 시작했을 때는 강요하지 않겠다는 전제가 있었다. 그러나 이제 기미가요 제창 때 자리에서 일어나지 않는 교사는 증거 사진을 찍어 징계한다고 한다.

혹자는 일본의 대학은 일본이라는 국가가 생기면서 국가가 만든 것이므로 국가가 결정한 일의 정당성을 공유해야 한다고 할지 모른다. 세계 각국의 대학 역시 그런 식으로 만들어졌으므로 전 세계 지식인 역시 일본 지식인과 크게 다를 바 없다고도 할 것이다. 그러나 틀렸다. 젊은 국가인 미국만 봐도 하버드대학의 창립은 1636년이고 미합중국의 건국은 1776년이다. 그사이의 세월은 미국 지식인의 습성에 커다란 영향을 끼쳤다. 이라크 전쟁 이후 망가져 일본과 비슷해진 면도 없지 않지만 그렇다고 앞으로 백 년 동안 미국의 대학이 일본의 대학과 비슷해질 것 같지도 않다.

망각록

'망각록'이란 걸 쓰기 시작했다. 인용도 없이 내가 썼든 남이 썼든 상관 않고 우선 눈에 보이는 것은 모두 적어둔다. 건망증을 자각하게 된 후부터 시작한 일인데 벌써 열두 해가 지났다. 그렇게 적어놓고 나중에 다시 읽으면서 직접 각주를 단다.

내 이름을 잊어버린 노모가 내 얼굴을 지긋이 바라보다 크게 웃었다.

_이즈카 데쓰오

이 노모의 해맑음을 닮고 싶다. 언어가 사라진 자리에는 그 언어로 채울 수 없는 것이 남는다. 나는 이렇게 각주를 달았다.

내가 있는 곳에는 지금의 나만이 서 있을 수 있다. 이 장소를 모르는 누군가에게 물려주고 떠나는 결단을 내리는 건 가능하겠지만.

자신이라는 존재의 형태에 익숙해질 수 있는가 없는가. 이것이 내 철학의 문제다.

자신 안에 서는 것. 오직 그것이 나 이외의 사람에게 무엇인가 알릴 수 있을지도 모를 소소한 모험이다.

그러나 노화와 건망증이 진행되면서 그것과는 다른 풍경이 떠올랐다. 그래서 이렇게 적었다.

집 근처에 턱받이를 한 지장보살상이 여럿 서 있다. 오랜 세월에 마모되어 표정은 희미해지고 맨들맨들하다. 나에게도 저렇게 자신을 잃고 맨들맨들하게 다른 나와 섞여 들판 끝에 서게 될 날이 오겠지.

구사노 히사오의 시집 『늙어서 비틀비틀老いて蹌踉』에 실린 한 줄은 현대 사회에 익숙해지는 게 어떤 것인지 잘 보여준다.

내 장기들, 다른 이 몸속에서 편안하면 기미가요 따위도 부르게 될까.

그땐 나도 기미가요를 부르게 될까. 그러고 보니 전쟁의 기억은 내 망각 속에 묻혀서 지금도 나를 은은하게 덥히는 불씨다.

나는 발광을 해도 좋을 테다. 나는 창공을 몇 시간이나 바라보고 있어도 좋을 테다. 무엇을 해도 좋을 테다. 본능이 그렇게 원하고 있다. 그런데 나는 사육에 길들어버렸다.
_후지카와 마사오, 『한 세기를 거슬러世紀をへだてて』

전쟁에서 죽은 동생의 수기를 복간한 누이는 "이것은 내가 동생에게 보내는 선물입니다"라고 썼다. 나는 이렇게 각주를 달았다.

자바섬에서 군속으로 근무할 때, 메기를 파는 아이가 메기의 이름을 까먹어 "수염 난 아저씨 물고기 사실 분!"이라고 했다는 이야기를 들은 적이 있다. 육십여 년이 지난 지금 점점 그렇게 되어가고 있다. 기억나지 않는 건 이름, 그리고 지명. 관념의 형태는 아직 괜찮다. 하지만 앞으로는 어떨지.

열두 해 만에 완성된 나의 망각록 제4권은 이렇게 끝난다.

내부에 살고 있는 외부

동시대의 역사 속에서 당신이 기억하고 있는 것은 무엇인가.

집 앞에 있는 도랑에 들어가 있으라는 어머니의 말을 들은 두 살짜리 아이는 도랑 안에 쭈그리고 앉아 미군기의 공습에 자기 집이 불타고 있는 모습을 보았다. 그는 그 장면을 어른이 되고도 잊지 못했다. 나는 그 정도로 강렬한 한두 살 때의 기억을 가지고 있지는 않다.

내게는 열세 살 때 일어난 2·26사건1936년 일본 육군의 보수 파벌이 일으킨 반란 사건이 그런 무서운 경험이다. 그로부터 칠십 년 동안 2·26사건에 관한 수많은 보도를 접했다. 그러나 어떤 새로운 정보도 그때 몸으로 느낀 '이것은 나쁜 일'이라는 감정을 바꾸지 못했다.

역시 열세 살 때 아베 사다의 남근 절단 사건이 일어났다. 신문으로 보도된 후에 한동안 그녀의 행방이 묘연했는데 중학교 일학년이었던 나는 늦은 저녁 귀가할 때마다 아베가 전신주 뒤에 숨어 있다가 덮치는 게 아닐까 무서웠다. 그녀는 곧 체포되었으나 무섭다는 감정 한편에는 '이 사람이 한 일은 나쁘지 않다'는 판단이 내 안에 자리

잡았다.

2·26사건과 아베 사다 사건은 내 안에 남아 있는 두 개의 역사적 사건이다. 이 둘은 내 안에서 다른 역사적 상황과 함께 끊임없이 서로 각축하고 변주되었다.

미일전쟁 중에 나는 자바섬의 해군 무관부에서 군속으로 근무했다. 처음에는 독일어 통역과 영어 통역이 주된 업무였는데 그때도 2·26사건과 아베 사다 사건이 마치 푸가의 선율처럼 얽혀 움직였다. '국가 대 성性'이라는 도식이 내 안에 있었다. 국가가 관리하는 성의 제도에 찬성하고 그에 복종하며 움직이는 것이 아니라 그것과는 다른 방향으로 자신의 공상을 키워가는 것이 군대에서 시간을 버티는 방법이었다.

휴식 시간에는 한산한 바타비아 도서관에 가서 헨리 해블록 엘리스, 리하르트 폰 크라프트에빙, 브로니슬라브 말리노프스키, 에드워드 웨스터마크, 카를 만하임 등을 읽었다. 이들의 지식을 분류해서 정리하는 역할을 한 것이 '국가 대 성' 도식이다. 이 분류 정리의 방법은 전쟁이 끝난 후에도 계속되었다.

무관부에서 내 업무는 밤에 단파방송을 듣고 아침에 네다섯 면짜리 신문을 만드는 일이었다. 전선에서는 대본영의 발표를 근거로 작전을 세울 수 없으니 적이 읽는 신문과 같은 것을 만들라는 명령을 받았다.

당시 신문을 만드는 내 입장에서는 대본영의 허위 발표가 어떻게 만들어지는지 알 수 없었다. 그 과정에 대해 자세히 알게 된 것은 육십 년 후에 쓰지 야스아키와 NHK 취재반이 만든 「환영의 승전보—대본영발표의 진상幻の大戰果—大本營發表の眞相」을 통해서였다. 허위 발표는 의도적으로 만들어진 것이었다.

슬픈 결말

최근 히로사와 도라조의 라쿠고 「이시마쓰 곤피라 다이산石松金比羅代參」을 좋아하는 사람을 만났다. 막부 말기에서 메이지 시대까지 살았던 협객 시미즈노 지로초의 부하 이시마쓰가 배 위에서 만난 사람과 시미즈노의 믿음직한 부하들에 대해 이야기를 나누는 내용인데, 초밥을 사주면서 자신이 거명되기를 기다리는 이시마쓰의 안달 난 모습이 재미있다는 것이다. 비극적인 결말을 맞이하는 사람이 인생 마지막으로 맞는 밝은 장면이다.

히로사와세쓰가 라디오로 큰 인기를 풍미한 것이 쇼와 시대 초기이니 칠십 년 전이다. 이 사람은 전후에 아버지가 소장한 레코드로 그의 라쿠고를 들었다고 한다.

다치카와 문고의 「사나다 10용사眞田十勇士」는 작가 하니야 유타카가 만년의 감수성을 녹여 만든 작품이다. 하니야는 프루스트의 『잃어버린 시간을 찾아서』를 20세기 명작 1위로 꼽았다. 그리고 2위, 3위, 4위는 없이 제임스 조이스의 『율리시스』를 5위로 꼽았는데 그 명작들과 평행하는 마음속 깊은 곳에 다치카와 문고가 자리하고 있었다.

내게도 어린 시절에 읽고 또 읽었던 작품이 있다. 미야오 시게오의 만화 『단고 구시스케 만유기團子串助漫遊記』가 그것이다. 『물결의 근처流れのほとり』의 저자로 나보다 한 살이 어린 간자와 도시코도 어린 시절 미야오의 『가루토비 가루스케輕飛輕助』 애독자였다. 작품에 나오는 '기리강 기리강 기리강강'을 소리 내서 읽으면 힘이 났다고 한다.

어린 시절에는 반복해 읽었고, 소년 시절부터는 속독을 했고, 노년이 되어서는 천천히 기억을 더듬으며 읽었다. 여든을 넘어 되돌아보니 속독했던 책의 기억은 거의 사라지고 반복해 읽었던 책의 기억은 남아 있다. 반복해 읽은 책을 수십 년이 지나 돌이켜봐도 재미있는 책은 역시 재미있다.

두세 살 적에 우리 집에는 영어 그림책이 하나 있었다. 부모님이 낭독해주신 적은 없지만 혼자서 그림만으로 줄거리를 상상하고는 했다. 『진저브레드 맨』이라는 책이었다.

노부부가 밀가루를 반죽해 어린아이같이 생긴 빵을 굽는다. 그랬더니 그 아이가 집을 뛰쳐나가 담을 넘어가버린다. 그다음 줄거리는 기억이 나지 않는다. 아마도 무서운 그림들이 나오기 때문에 무서워서 일부러 잊어버렸을 것이다.

수십 년이 지나 『당고빵』이라는 일본어 그림책을 아이에게 낭독해주다가 그제서야 진저브레드 맨의 말로를 알게 되었다. 그는 자유의 몸이 되어 야산을 돌아다니다 여우에게 잡아먹힌다.

집을 나서 자유롭게 야산을 돌아다니는 진저브레드 맨의 모습이 좋았던 어린 시절의 나로서는 그 슬픈 결말을 보고 싶지 않았을 것이다. 팔십 년이 지나 이 민화民話의 줄거리를 떠올리고 있자니 내 생애 전체가 그 안에 들어 있는 듯하다.

4

쓰
지
않
은
말

언어의 사용법

전문적인 영문학자가 되기 위해서는 옥스퍼드 영영 사전OED을 펼치는 데 노력을 게을리하지 말라는 말이 있다. 지금도 이런 노력을 계속하는 이가 적지 않을 것이다.

나는 OED를 축약한 중사전을 수십 권이나 가지고 있다. 하지만 가끔 펼쳐볼 뿐 지금은 더 많이 압축된 포켓용 소사전을 주로 쓰고 있다. 해외에서도 주머니에 넣어 다닐 수 있고 여기에 나오지 않는 단어라면 그냥 쓰지 않아도 상관없다고 생각한다. 기억 속에 잠들어 있는 단어들을 굳이 흔들어 깨울 필요까지는 없지 않은가.

나는 열다섯부터 스물아홉 살까지 영어만 사용하며 살았다. 하지만 거의 대학과 대학 주변에서만 생활했고 태어날 때부터 영어를 쓴 것도 아니어서 일상생활에서 쓰는 말은 영 쉽지 않다. 옥스퍼드 포켓용 소사전은 내 영어에서 모자란 부분을 채워준다. 유아기 때 접하지 못한 것을 노인의 말로 익힐 겸 포켓용 소사전으로 새로 영어를 공부하고 있다.

보통 말년에 접어들면 언어 사용의 중심은 어휘력에서

구성력과 사용법으로 옮아간다.

지금으로부터 삼십 년 전, 그러니까 1973년 여름에 찾아간 한국에서 매우 놀란 적이 있다. 당시 나는 사형을 선고받고 사형수의 신분으로 병원에 감금되어 있던 시인 김지하를 만나러 갔다. 함께 동행한 세 명 중에는 당시 여대생이던 가나이 가즈코가 있었다. 겁이 없는 그녀는 '이 병원에 김지하라는 이름의 환자는 없다'는 수위의 말을 무시하고 당당하게 들어가 김지하를 찾아냈다.

결국 끝까지 모습을 드러내지 않은 경비 담당자는 병원 수위를 통해 병원 내 접견을 허가했다.

그를 만나자 서로 공통 언어를 가지고 있지 않다는 것을 새삼 실감했다. 내가 영어로 "당신의 사형에 반대하는 여러 나라의 시인과 학자의 서명을 여기 가지고 왔소"라고 말하자 그는 천천히 이렇게 대답했다. "당신들의 운동이 나를 구하지는 못할 것이오. 그러나 당신들의 운동을 돕기 위해 나도 서명에 참여하겠소Your movement cannot help me. But I will add my name to it to help your movement."

내가 만약 그의 입장이었더라도 갑자기 나타나 나를

구명하겠다는 생면부지의 외국인에게 이런 말을 할 수 있었을까. 아마도 고맙다는 말 이외에는 어떤 말도 떠오르지 않았을 것이다. 그때 김지하는 중학교 수준의 영어로 조금도 비굴해지지 않으면서 우리에게 자신의 뜻을 전했다.

언어의 핵심은 어떻게 쓰는가에 있다.

인간의 언어를 뛰어넘는 꿈

영국 작가 윌리엄 허드슨의 전기를 읽었다. 뱀을 죽이지 않겠다고 결심한 날부터 평소에 드나들던 숲의 풍경이 전혀 다르게 보였다고 한다. 영국의 숲이라 가능한 일인지도 모르겠다. 맹독성 뱀이 사는 지방이라면 어렵지 않을까.

나카노 시게하루의 자전소설을 보면 주인공의 조부가 뱀이 다리를 감아도 놀라지 않고 고가古歌를 불렀더니 뱀이 스멀스멀 숲속으로 사라져버렸다는 이야기가 나온다. 뱀이 고가를 이해했을 리 없다. 그가 당황하지 않고 서 있었기 때문일 것이다.

허드슨의 이야기로 돌아가면, 철학자 고자이 요시시게는 전쟁 중에 옥중에서 허드슨의 자전소설 『내 마음의 팜파스』를 즐겨 읽었다고 한다. 이를 계기로 영문학자 주가쿠 분쇼 부부와의 편지 교환이 시작되었고 결국 옥중에서 반전사상을 나누는 관계로 이어졌다.

아동문학가 쇼노 에이지는 농업학교에서 간사이가쿠인대학에 입학하자마자 허드슨의 자전을 원서로 읽고 해설하는 주가쿠 분쇼 교수의 강의에 매료돼 허드슨 문학

에 빠져들었다. 그 영향은 후에 쇼노가 육군대위로 자바섬에 체류하는 동안에도 계속되어 전쟁 중의 그를 지탱했다. 패전 후 그가 쓴 『별의 목장星の牧場』은 그가 전쟁 중에 했던 생각을 오늘날에 전해준다.

내가 허드슨을 처음 만난 건 『녹색의 장원』을 통해서였다. 새소리를 낼 줄 아는 주인공 리마는 남미 산속에서 숲속 동물들과 살고 있다. 편협한 인간으로 묘사되는 노인에게는 마음을 열지 않고 산속에서 길을 잃은 청년 아벨과 친해지지만 그가 부재한 사이 인간들에게 내몰려 불에 타 죽는다.

인간의 언어에 서툰 리마의 모습은 아르헨티나에서 나고 자라 훗날 영국에 정착한 저자를 떠올리게 한다. 저자 허드슨의 마음속에는 자신의 생업이 된 영어나 어린 시절에 배운 스페인어뿐 아니라 새들의 지저귐도 또 하나의 언어로 살아 있었다.

1940년에 출간됐을 때 영국 독자는 『녹색의 장원』에 열광적으로 반응했다. 하이드파크에는 주인공 리마의 동상이 섰고, 반세기 후에는 오드리 헵번 주연의 영화로 만들어지기도 했다. 지금은 영화도 동상도 모두 잊힌 듯하다.

그럼에도 인간의 협소함에 눈뜨고 인간이라는 종을 넘어 생명과 생명 사이의 관계를 중시하는 이상은 여전히 사람들의 마음속에 생겨난다.

캐나다에서 생활할 때다. 마을 전체가 정전이 된 다음 날 신문에는 식물(천장에 매달린 덩굴 분재)과 함께 있는 한 외롭지 않다는 어느 할머니의 독자 투고가 실려 있었다.

자랑스럽다는 말

알고는 있지만 일부러 쓰지 않는 말이 있다.

팔십 년을 넘게 살면서 단 한 번도 쓴 적이 없으니 앞으로도 쓸 일은 없을 것이다. 하지만 그런 말은 마음 깊은 곳에 쌓여서 다른 말을 고를 때 함께 꿈틀대고는 한다.

나는 열일곱 살부터 열아홉 살까지 미국 매사추세츠주 케임브리지에 사는 영 가족의 하숙생으로 지냈다. 이혼한 여주인과 세 아이, 노모, 그리고 나까지 여섯 명이 방 세 개짜리 아파트에 살았다.

여주인 매리언은 내게 "네가 자랑스럽다 I am proud of you"라고 말하고는 했다. 어린 시절부터 내가 들어본 적 없는 말이었다. 태어난 집에서 멀리 떨어져 일상을 함께하는 어른에게서 자랑스럽다는 말을 듣는 일은 놀라운 경험이었다. 그 말을 배신하지 않겠다고 생각했다.

스무 살이 넘어 일본에 귀국한 이후로도 내게 '네가 자랑스럽다'고 말한 사람은 없었다. 나 역시 누군가에게 그렇게 말해본 적이 없다. 기억에도 없다. 하지만 그렇게 말하고 싶다고 생각한 적은 있다.

소학교 일학년 때부터 알고 지낸 친구 나가이 미치오가

미키 내각의 관료가 되었을 때다. 이른바 '미키 끌어내리기'로 미키 다케오가 총리 자리에서 물러나게 되자 나가이는 그날로 사퇴하고 원래 다니던 직장인 아사히신문으로 돌아갔다. 그때 '자랑스럽다'는 말이 내 마음속에 떠올랐다. 그에게 직접 하지는 않았다. 나의 일본어에 그런 말은 없기 때문이다.

또 한 번은 옴진리교 사린가스 살포 사건이 터지고 최초 용의자로 지목된 고노 요시유키가 자신의 무죄를 경찰에 주장하는 과정에서였다(실제로 무죄 판결을 받았다). 그는 자신의 부인이 사린으로 혼수상태에 빠진 피해자인데도 옴진리교단에 대한 파괴활동방지법에 반대했다. 이런 일본인과 함께 살고 있다는 것이 같은 일본인으로서 자랑스러웠다. 고노 요시유키와는 만난 적이 없으므로 이 말을 직접 전할 수는 없었다(이 글을 쓴 후에 만나게 되었다).

전쟁 중인 이라크에서 이라크인을 지원한 일본인 세 명이 다른 이라크인의 인질이 되었을 때였다. 일본 각료와 여당으로부터 '자기 책임'이라는 말이 나왔고 결국 한 국회의원이 '반일 분자'라는 말을 쓰는 지경에 이르렀다. 반면 미국 국무장관 파월은 이런 사람들이 일본인 가운데서 나왔다는 건 일본인 당신들의 자랑이며 이런 사람들이 사회를 앞으로 나아가게 한다고 했다.

그때 나에게 '자랑스럽다'는 말은 여전히 내 손이 닿지 않는 곳에 있다고 느꼈다.

김학영의 "얼어붙는 입"과 일본

　인간으로 태어난 그 누구도 차별의 대상이 되어서는 안 된다. 이는 헌법기초위원회에 최연소 위원으로 참여한 스물두 살의 베아테 시로타 고든이 작성한 초안이다. 이 초안은 일본 헌법의 최종안에 포함되지 않았다. 그 빈자리가 일본의 전후사에 남아 여러 차별을 온존하고 또 가속화했다.

　점령군 사령부의 일원이었던 에드워드 와그너는 『일본의 조선 소수민족The Korean Minority in Japan』이라는 작은 책에서 재일조선인 거주자에 대해서는 워싱턴의 미국 중앙 정부로부터 어떤 지시도 내려진 바 없었다고 밝혔다. 그 때문에 재일조선인에 대한 일본 정부 공무원의 태도가 식민지 시대와 변함없이 전후에도 지속되었다는 것이다.

　미일전쟁이 시작되기 전부터 일본에 살고 있던 베아테 시로타는 이미 그때부터 일본의 여성차별, 그리고 일본의 가족 제도 안에 존재하는 적자와 비적자 사이의 차별을 고치고 싶어했다. 그녀 스스로가 유대인으로서 2000년 전 민족 이산 이래 유럽 각지에서 받은 차별에 대한 인식과 감수성을 이어받은 것 역시 이런 차별 반대 조항을 발의하는 데 중요하게 작용했을 것이다.

재일조선인 차별은 메이지 말기부터 재일조선인의 문학으로 다루어지기 시작했다. 일본에 사는 일본어 인구 전체로 보면 소수에 불과한 이 칠십만 명의 공동체는 지금까지 뛰어난 일본어 문학작품을 수없이 만들어왔다. 그중에서 1938년에 태어나 전후 일본에서 활동한 김학영의 『얼어붙는 입』은 말더듬으로 고통스러워하는 주인공의 대인 관계를 통해 일본어와 일본 사회를 그려냈다.

좋은 운을 가지고 태어난 인간은 언어를 배우기 전에 언어가 되지 않는 소리와 몸짓을 통해 소통을 즐기는 낙원과 같은 시간을 보낸다. 하지만 김학영은 아버지의 가정 폭력으로 소리와 몸짓을 통한 소통의 경험을 가지지 못했다. 또한 성인이 되어 일본 사회에서 성공을 손에 쥔 후에도 아버지의 무게로부터 끝내 벗어나지 못했다.

인간이 늙으면 다시 언어를 잃고 소리와 몸짓의 시간으로 되돌아가는데 그것은 오히려 행복을 가져다주기도 한다. 그러나 김학영은 그런 행복도 겪어보지 못하고 마흔여섯의 나이에 죽음을 택했다.

나는 예순 살에 한국어를 배웠다. 선생님은 뛰어났는데 학생이 그러질 못했다. 그 두 해 동안 겪은 실패의 경험은 내게 하나의 선물을 남겼다. 내가 그때까지 생각했던 것만큼 머리가 좋지 못하다는 깨달음이다. 늦은 감이 있는 이 깨달음은 앞으로 남아 있는 인생에 도움을 줄 것이다.

하나 더 있다. 차별받는 사람의 입장에서 일본어를 대하는 느낌은 어떤 것일까. 이렇게 다른 방향으로 나의 상상력이 작동하는 계기가 되기도 했다.

꿈에서 만나는 일본어

『옥스퍼드 영어 산문집The Oxford Book of English Prose』 신판을 구했다. 이전 판을 1944년에 싱가포르 헌책방에서 사서 육십 년 동안 읽고 또 읽었다. 새로운 판은 맨 뒤에 가즈오 이시구로의 작품이 있다. 영국에서 자란 일본인의 문장이 영어 산문집에 실린 것이다. 이전 판에는 타고르의 작품이 실려 있었다. 영어권 바깥의 사람이 사용하는 영어를 중요하게 다루는 것은 영어의 특징이기도 하다.

수십 년 전에 런던에서 사회학자 로널드 도어의 차를 탔다. 그가 브라이턴의 자택과 런던의 아파트를 소유하고 있다는 이야기를 하며 '조금 분에 넘친다ちょっとぜいたくなんだが'는 일본어를 섞어 썼다. 영어권에 있을 땐 서로 영어로 말하는 습관이 있었기 때문에 그가 왜 일본어를 섞었는지 궁금했다. 그 말은 영어로 뭐냐고 묻자 조금 생각하더니 잘 모르겠다고 했다.

자신의 생활양식에 대해 '조금 분에 넘친다'고 스스로 평가하는 것은 메이지 시대 일본인으로부터 물려받은 일본어 특유의 언어 습관에 가깝다. 그러니 그가 배운 영어의 습관에는 이런 표현이 없었을 것이다. 이 말은 이제 일

본 이외의 나라에서도 쓰이기 시작한 '과분하다もったいない' 는 말과도 비슷하다.

얼마 전 작가 이케자와 나쓰키를 교토 모임에 초대하기로 해서 며칠 동안 그의 저작을 읽었다. 그런데 어느 날 꿈에 로널드 도어가 나타났다. 왜 이케자와를 읽는데 로널드 도어가 나타났던 걸까.

로널드 도어의 일본어는 매우 매끄럽다. 그가 처음 일본에 왔을 때 그는 사상가 요시다 쇼인의 이야기를 꺼냈다. 『지킬 박사와 하이드』를 쓴 로버트 루이스 스티븐슨이 영어로 평전을 썼을 정도니 요시다 쇼인에 대해 알고 있는 것은 그리 놀랄 일이 아니었다. 놀라운 것은 그의 매끄러운 일본어였다. 반세기가 지난 지금도 그때의 인상이 깊이 남아 있다. 그는 전시 영국에서 오타루 고등상업학교의 대니얼스 교수와 그 일본인 부인에게서 일본어를 배웠다.

이케자와 나쓰키의 문장도 그랬다. 그의 일본어가 자연과학의 지식을 구사하면서도 매우 매끄러운 인상을 주는 것은 그가 다치하라 미치조를 사사하고 압운 방식의 정형시를 일본어로 구현한 어머니 하라조 아키코에게서 언어를 배웠기 때문일 것이다. 그리고 전시의 폐쇄적인 국가 내부의, 폐쇄적인 결사체 내에서만 사용되던 '마티네 포에틱'1942년 가토 슈이치 등이 주도한 새로운 시 운동의 일본어는 반세기의 숙성 기간을 거쳐 현대의 일본에 다시금 모습을 드러냈다. 나는 그렇게 느꼈다.

앞으로 내가 일본 바깥에 나갈 일은 없겠지만 그것과 상관없이 일본 생활의 맥락에서 벗어나 일본 바깥에서 사용되는 일본어는 앞으로도 늘어날 것이다. 그리고 내 안에서는 일상의 일본어와 내가 잠든 사이에 떠오르는 일본어와의 만남이 계속될 것이다.

말 뒤에 있는 말

1933년, 소학교 오학년 담임인 가와시마 지로 선생님은 학생들이 직접 조직한 자율 활동을 해보자고 하셨다. 그래서 나는 독서회를 제안했다. 몇 권의 책을 읽고 한 명이 발제하면 함께 토론을 나누는 방식이었다. 선생님은 약간 당혹스러운 표정을 지었다. 독서회라는 이름 때문이었다. 그때 어떻게 결론이 났는지는 잘 기억나지 않는데 결과적으로는 이름을 바꾸지 않았던 것 같다.

그로부터 수십 년이 지난 후 나는 일본사의 맥락에서 그때 가와시마 선생님의 당혹스러운 표정의 배경을 알게 되었다. 영어로 'RSReading Society'라고 쓰는 독서회는 당시 구제고등학교근대 초기의 대학교에서 공산주의를 준비하던 공간이었다. 1933년은 그런 시대였던 것이다.

이미 소개한 대로 당시 교장은 사사키 슈이치 선생님이었다. 도쿄 각지의 학생들이 모이는 학교였다. 등교가 힘들어서 조례 시간에 쓰러지는 학생도 있었다. 그럴 때면 교장 선생님의 훈시는 매우 짧았다. "오늘은 날씨가 좋군요." 이 한마디로 끝나는 날도 있었다. "쉬는 시간에 보고 있으면 요즘 여러분은 전쟁놀이를 너무 많이 하는 것

같아요"라거나 "일학년과 삼학년이 싸우면 저는 이유를 불문하고 삼학년이 나쁘다고 생각합니다"라고 말하기도 했다.

소학교를 졸업하고 몇 년이 지나 나는 미국으로 건너가 미일전쟁으로 전쟁포로 수용소에 감금되었다. 하루는 변소를 청소하고 있는데 같은 수용소 선배인 우에스기 할아버지가 나에게 고등사범부속소학교 출신이냐고 물었다. "그 학교 교장 선생님이 존 듀이와 만나고 싶다고 해서 데리고 간 적이 있다"고 했다.

그때 교장 선생님의 훈시가 짧았던 것은 존 듀이의 프래그머티즘의 영향이었는지도 모르겠다. 프랑스의 아리스티드 브리앙과 미국의 프랭크 켈로그가 1928년 맺은 전쟁포기 조약과 공명한 듀이의 평화주의는 학생들이 전쟁놀이를 너무 많이 한다고 지적하던 교장 선생님의 관찰력과도 맞닿아 있다. 그땐 이미 중국과의 15년전쟁이 시작된 후였다.

교장 선생님의 짧은 훈시는 게으름 때문이 아니었다. 일학년 때 복도에서 마주치면 "○○군, 잘 지내지?" 하며 막

학교에 들어온 어린아이들의 이름을 불러주곤 하셨다. 그 순간을 위해 미리 학생들의 이름과 사진을 맞춰보며 외웠을 것이다. 그것도 듀이의 영향일지 모른다.

1933년, 일본의 평화 사조가 위축되고 있던 시기에 교장 선생님은 그런 자세를 가지고 학생들을 대했다. 훗날 그 학생들 중 여럿이 전쟁으로 목숨을 잃었다.

'만약'이 금지될 때

이기기 위해 스모판에 오른다. 그게 스모선수의 마음 가짐일 것이다. 스모선수가 아니더라도 자신의 승리를 믿고 스스로의 인생을 사는 것은 인생관을 밝게 만들기도 한다. 그러나 자신이 일으킨 전쟁에 온 나라의 인민을 동원하여 필승의 신념을 가지라고 명령하는 것은 다르다. 내가 자란 시대에 15년전쟁에 대해 일본이 가진 전쟁관은 그랬다. '만세일계의 천황을 모시는 일본이 전쟁에서 패배할 수 있다는 생각 자체를 가져서는 안 된다'는 것이 학교 교육의 일부였다.

그러나 1904년 러일전쟁 전날 밤 교토에 있는, 군인이자 정치가인 야마가타 아리토모의 별장 무린안無鄰菴에 모인 정부 간부는 적어도 그런 관념에 사로잡히지는 않았던 것 같다. 러시아와의 전쟁에서 패했을 경우 국민에게 얼마나 커다란 고통을 안기게 될지에 대한 고민을 결코 생각의 바깥으로 밀어낼 수 없었다. 그래서 당시 파견군 총참모장 고다마 겐타로는 이렇게 결론 내렸다. "전쟁을 수행하다가 상황이 여의치 않으면 내가 전장에서 신호를 보내겠다. 그 신호를 받으면 상대가 어떤 조건을 내걸더라도 강화를 맺어라." 이에 대해 이토 히로부미 등의 중신과 총리대신 가쓰라 다로, 외무대신 고무라 주타로 등은 이견을 보이지 않았다고 한다.

그리고 1905년 미국 대통령 시어도어 루스벨트의 주선으로 러일전쟁에 반대했던 러시아 재무대신 세르게이 비테 백작을 협상 테이블 너머에 두고, 고무라 주타로는 러시아의 배상금을 받지 않는 조건으로 포츠머스 조약을 맺었다. 이에 도쿄 히비야 공원에서 일명 '히비야 방화 사건'이 일어나는 등 일본 국민의 불만이 속출했다. 그러나 그대로 전쟁을 계속했다면 일본은 패배했을 것이다. 얼마나 많은 것을 잃었을지 상상조차 할 수 없다.

고다마 겐타로도, 고무라 주타로도 러일전쟁이 끝나자마자 세상을 떴다. 다이쇼와 쇼와를 지나며 일본 국민과 후세의 지도자에게는 '이겼다'는 환상만이 남았다.

그리고 쇼와의 15년전쟁을 통해 '필승의 정신'이라는 것이 만들어졌고, 국민은 '만약 진다면'이라는 조건을 상상하는 것을 금지당했다. 그것은 사회과학적인 논리를 국가에 적용하는 것에 대한 금지이기도 했다. 최고 권력을 가진 국가가 진리의 기준을 세우면 그 누구도 그에 대해 '만약'이라는 조건적인 사고를 해서는 안 된다는 금지.

1945년 일본이 전쟁에서 패했을 때 점령군이 된 미국인 대학 동창 리버맨이 졸업생 명부를 들고 나를 찾아왔다. 그는 이렇게 말했다. "앞으로 미국은 전체주의 국가가 될 거야." 설마. 나는 믿을 수 없었다. 2001년 9월 11일 동시다발 테러 직후 부시 대통령이 "우리는 십자군"이라고 말하는 텔레비전 화면을 보며 나는 그의 예측이 육십 년이 지나 적중했음을 느꼈다. 미국의 국론에서 '만약 이 나라가 진다면'이라는 조건 명제가 배제되어 있었기 때문이다.

나도 모르는 내 안의 언어

오 볼라

쿠파야니

시 나마가마

오 데카노.

_버지니아 해밀턴, 『위대한 M.C. 히긴스M.C. Higgins, the Great』

위 책의 저자 버지니아 해밀턴은 이미 세상을 떴다. 그
녀가 일본에 왔을 때 그의 작품에 나오는 언어를 실제로
가지고 있느냐고 물었더니 그렇다고 했다. 아프리카 어느
부족의 언어인지는 알 수 없으나 수 세기 전 미국에 끌려
온 노예의 언어. 그 언어가 후손인 그녀의 안에도 남아 있
다는 것이다. 주문과도 같은 어감을 가진 이 언어는 소설
속 주인공에게 혼자 살아갈 힘을 부여한다.

의미를 다 알지 못하는 언어가 내 안에 깊숙이 남아 이
따금 큰 힘을 주기도 한다. 내 경우에는 일본어를 쓰지 않
은 기간이 길었던 탓에 일본어가 가물가물 멀게 느껴질
때가 있다. 일본어 속으로 돌아온 것은 전쟁 중이었는데,
군대에서 일본어를 잘하는 척했던 것이 오히려 일본어와

더 멀어지게 했다.

특히 쓰는 것이 고역이었다. 일본어 속에서 살던 어린 시절의 관계로 돌아갈 수도 없어서, 일본어로 밥벌이를 하게 된 이후로도 오랜 기간 일본어와 친해지지 못했다.

우울증도 그 이유 중 하나인지 모르겠다. 우울증이 찾아오면 글자를 쓸 수 없거나 언어로부터 나 자신을 떼어놓게 됐다. 저편에 또 다른 언어가 있는 것처럼 느껴지긴 했지만 그걸 내 손으로 써보려고 하지는 않았다. 해밀턴이 잃어버렸던 아프리카의 주문과 비슷한 것인지도 모르겠다. 아마도 잃어버린 또 하나의 언어에 대한 기억일 것이다. 그 자신이 이민자인 작가 오키나 큐인이 한 말이 떠오른다. 모든 인간은 이민자다.

도쿄에서 태어나 자란 내가 쓰는 표준어는 도쿄라는 땅에서 생겨난 언어가 아니라 다이쇼 시대 소학교에서 만들어진 말이다. 그보다 더 이전으로 돌아갈 수는 없다. 현대의 사람들은 각각의 장소에서 자신의 고향을 잃어버린 것 같은 느낌을 가지고 살고 있다.

이케자와 나쓰키의 『하와이 기행ハワイ紀行』은 여행에 관

한 책이 아니라 일본을 하와이처럼 상상하는 세계로 안내하는 책이다. 이 책에서 영감을 받아 태평양에 떠 있는 섬의 문화로서 일본을 상상해봤다. 하와이 사람들은 고대부터 하와이 각각의 섬에 전해지는 훌라 춤을 통해 미래를 함께 살아갈 원칙을 배우는 수행을 한다. 오래전 해블록 엘리스가 쓴 『생의 무도The Dance of Life』에서도 그런 통찰력을 읽을 수 있다.

번역의 틈새

나는 소학교 졸업 후에 열다섯 살부터 열아홉 살까지 영어 속에서 살았다. 전쟁 중에 교환선으로 돌아온 후로는 일본어를 다시 배우면서 고생을 해야 했다. 일본어는 어렵다. 재학습으로는 따라잡을 수 없던 것들이 여전히 남아 있다.

전쟁 전에 대장성현 재무성 장관을 지낸 이케다 시게아키는 막부 말기와 메이지 시대를 산 일본인들은 일본어의 난해함을 피할 방법을 터득하고 있었다고 했다. 한 노인이 자신의 이름 '시게아키成彬'를 '나루요시'라고 부르길래 '나리아키라'라고 읽는 사람도 있다고 대답했더니 노인왈, 자신 있게 읽을 수 없는 한자는 모두 '요시'라고 읽으면 된다고 했다는 것이다.

그 비법을 듣고 마음이 조금 편해지기는 했지만 여전히 나는 한자를 틀리게 읽는 일이 잦다.

내가 구노 오사무와 함께 『현대 일본의 사상現代日本の思想』이라는 책을 냈을 때다. 시라카바파白樺派다이쇼 시대에 일어난 문예사조의 사상을 '관념론'이라고 썼다가 하나다 기요테루의 비판을 받았다. '이상주의'라고 쓰면 될 것을 왜 '관념

151

론'이라고 에둘러 썼느냐는 것이다.

하나다의 비판은 타당했다. 그러나 나와 직접적인 인연이 없는 그는 내가 왜 그런 실수를 했는지 알 수 없었을 것이다. '아이디얼리즘'이라는 단어에 막혀서 전전戰前판 『이와나미 철학소사전岩波哲學小辭典』에 나온 '관념론'이라는 번역어를 그대로 받아썼던 것이다. 중고등학교와 대학교 시절에 선배와 철학사에 관해 토론하는 경험을 가져보지 못한 결과이기도 했다.

철학자 윌러드 밴 오먼 콰인의 번역론에 따르면, 각각의 개별적인 사전을 참조할 때는 두 언어 사이의 번역이 정확하게 이루어지지만 자연어 둘을 서로 번역할 경우에는 그러한 엄격함에 도달할 수 없다. '레드'라는 말을 두 살 아이가 내뱉었을 때 아이의 집에 있는 카펫의 붉은 광택이 그 '레드'라는 말 뜻 안에 포함되어 있지 말란 법이 없다. 두 개의 사전을 참조하여 '영어의 레드는 일본어의 붉은색赤'이라고 확신을 갖고 말할 수 있는 것은 사전적 의미로 번역하는 수준에만 한정되는 것이다.

영어 속에서 생활하던 시절으로부터 이미 육십 년 이

상이 지났다. 그때의 영어 체험도 이제 가물가물해졌다. 그럼에도 일본어 속으로 들어가는 건 여전히 기차에 부정 승차하는 것 같은 느낌이다. 어린 시절에 사용하지 않았던 영향이 아직도 지워지지 않은 것이다.

　늙어가면서 나의 일본어도, 영어도 함께 늙어간다. 새로운 만남이 없으리라는 법은 없지만, 아직까지 그런 기회는 찾아오지 않았다.

말에 묻어나는 통찰력

나보다 어리지만 먼저 세상을 뜬 인류학자 쓰루미 요시유키의 저작집을 읽었다. 새로 보이는 것들이 있었다.

그는 로스앤젤레스에서 일본 외교관의 장남으로 태어나 미국 국적을 가지고 있었다. 이중 국적을 가진 채 미일전쟁을 겪었고 패전 후 스무 살이 되자 자신의 의지로 미국 국적을 버렸다. 자기 의지로 일본을 선택한 것이다.

영어 실력도 뛰어났다. 그가 쓴 논문은 미국 대학에 박사 논문으로 제출해도 통할 정도였다. 메이지, 다이쇼, 쇼와 전전戰前, 쇼와 전후의 가족 앨범을 비교 분석한 그의 연구는 그때까지 일본 사회학에서는 찾아볼 수 없는 새로운 것이었다. 아마 미국에서도 새로운 연구로 환영받았을 것이다.

국제문화회관 기획과장으로 근무하면서 '소리 없는 소리의 모임'과 '베트남에 평화를! 시민연합'에 참가하던 시절의 그는 글 쓰는 사람으로는 여전히 미국의 학문 스타일에 가까웠다. 그러나 저작집 마지막 두 권에 실린 '필드노트'는 미국 학회에서 발표되는 논문들과 더 이상 어울리지 않는 독자적인 것이었다.

그 기록의 최종 목적은 오늘의 족적을 남기는 것이었다. 그는 필리핀, 인도네시아, 말레이시아에서 새우, 해삼, 야자열매의 채집 및 매매 현장을 걸으며 당일의 견문을 그날그날 기록한 일기를 축적해나갔다. 그동안 그의 관찰력도 청년 시절과 달라지고 문장 역시 그의 시선과 함께 변해갔다. 장년기의 그는 직접 식재료를 골라 저녁을 만들어 먹고 남은 시간에 그날의 일기를 썼다. 견문을 기록하는 것은 그 자체로 기력이다. 그 기력이 견문에 통찰력을 더해준다.

나는 애큐먼acumen(날카로운 통찰력)이라는 말을 떠올리며 내가 이 말을 지금껏 써본 적이 없다는 사실을 깨달았다. 물론 알고는 있었다. 여러 해 전에 철학자 조지 산타야나의 자전에서 읽었다. 영문학자 노턴이 고명하지만 평범한 19세기 철학역사가 팔머를 '그는 애큐먼이 부족하다'고 비판했다는 내용이었다. 노턴 스스로는 애큐먼을 가지고 있다고 자부했다. 노턴은 하버드대학에서 신입생 전원에게 주어지는 매주 칠백오십 단어의 작문 과제를 시작한 사람이다. 교수들은 매주 작문 비평을 통해 표현의 애큐먼을 가르치고자 했다. 물론 나도 큰 영향을 받았다. 일본의 대학 교육에 그러한 장소가 있나.

아무튼 쓰루미 요시유키는 매일의 견문을 정리하면서 획득한 애큐먼을 그의 필드노트에 펼쳤다. 그 속에서 그는 상상력의 방향키를 '미국에 지배된 일본'에서 '아시아 속 일본'으로 전환시켰다.

이순

예순을 가리키는 '이순'이라는 단어를 알고는 있었으나 써본 적은 없었다. 인생에서 이순이라는 단계가 있다고 하는데 어떤 의미로 그렇게 말하는 것인지 확신이 없었기 때문이다. 이순이 훌쩍 넘은 지금도 역시 잘 모르겠다.

정치학자 하시카와 분소는 예순 살이 되었을 즈음에 자신이 젊어서 사사한 야스다 요주로가 남긴 말을 인용했다. 옛날 사람들은 상대가 틀린 말을 하더라도 그것을 옳게 듣는 힘을 가지고 있다는 말이었다. 야스다는 전후 일본에서는 잊힌 사람이었다. 그의 말을 소환한 하시카와는 뛰어난 학자였다.

비슷한 시기에 내 가장 오랜 친구인 나가이 미치오가 "어머니가 글을 쓰셨는데 그게 당신이 생각하신 건지 남이 말한 것인지 구별이 안 간다"고 했다. 내가 "출전이 있는 건 자네가 달아드리고 나머지는 그냥 두면 되지"라고 했더니 실제로 그렇게 해서 책을 출판했다. 책은 베스트셀러가 되었다. "열심히 삽시다いっしょうけんめい生きましょう"라는 제목이었다. 이런 게 '이순'의 느낌인가 싶어 책 띠지 추천사에 이 단어를 써봤다. 물론 여전히 자신은 없었다.

노령기에 들어선 후에는 『논어』에서 공자가 스스로 예순이 된 심경에 대해 논한 말에 공감하게 되었다. 다른 사람이 하는 말을 잘 듣고, 틀리지 않았다고 생각되는 사람을 골라, 그 사람의 말에서 내 자신에게 적합한 의미의 가능성을 받아들이는 노인의 심경을 가리키는 것이리라.

전화로 손자 목소리를 흉내 내 노인을 속이는 이른바 '보이스피싱' 피해액이 일본에서 백억 엔을 넘었다고 한다. 이순의 심경에도 리스크가 있다는 것을 보여주는 현상이다.

상대방의 말에 의미의 폭이 있다는 것을 알고, 그 속에서 나에게 적절한 의미를 받아들이는 유연함은 아이에게나 노인에게나 필요한 것이다. 젊은이에게 결핍된 것도 그런 유연함이 아닐까.

상대방의 말을 차분히 듣지 않고 '너는 틀렸다'고 단정 지어 버리는 것은 자신이 가진 단 하나의 해석으로 상대방을 공격하는 습관이다. 그런 습관이 서양에서 일본으로 건너와 학교의 수재 사이에 널리 퍼졌다. 마르크스주의 시대, 군국주의 시대, 이런 식으로 이데올로기가 바뀌어도 상대를 공격하는 방법은 여전하다. 젊은이가 자신을 맡기는 시험 제도는 그런 방법의 원형이다.

공자가 생각했던 것이 무엇이었을까. 새삼 묻게 된다.

부재한 채 전해지는 언어

　삼십여 년 전 일본이 한창 호황을 누리던 때의 일이다. 야마나시현과 나가노현에 걸쳐 있는 야쓰가타케 산맥 기슭에 있는 땅을 각자 한 평씩 매입해서 수혈 주거竪穴住居 방식이라 불리는 움집을 만들어 모여 살자는 제안을 받은 적이 있다. 그 제안에 응하지는 못했지만 방향성에는 찬성이었다. 지금도 변함이 없다. 다만 같이 참여해서 그것을 계속해나갈 기력이 스스로에게 있는지 자신이 없었다.

　이케자와 나쓰키의 『문명의 산책자パレオマニア』를 읽었다. 이케자와는 틈틈이 대영박물관에 가서 흥미로운 유물을 찾은 후 그것이 발굴된 곳을 찾아갔다. 그 경험의 축적치에 감탄할 수밖에 없었다.

　그는 각각의 문명 근저에 있던 삶과 자신과의 관계를 되살리고자 했다. 제국주의와 식민지주의의 영향을 함께 의식하며 시작된 그의 작업이 계속되었으면 좋겠다.

　일본 문화에 대해서도 마찬가지다. 일본이라는 국가의 미래를 생각하면 지금의 방향으로는 희망이 보이지 않는다. 그보다는 러일전쟁 이전까지 나라의 형태, 국가의 힘보다 우선한 일본 문화의 형태, 오래전부터 일본어와 함께 형성된 일본 문학의 형태를 하나하나 재검토하고 곱씹어봐야 한다.

일본 바깥에서도 선진국의 문명에서 희망을 보지 못하고 선주민의 문화를 통해 새로운 운동을 일으킨 사람들이 있다. 레비스트로스와 앙드레 르루아구랑, 앨프리드 크로버와 로버트 레드필드, 그리고 더 거슬러 올라가면 빌햘무르 스테판손Vilhjálmur Stefánsson 등이 그들이다. 르 귄과 톨킨도 있다.

앞서도 소개한 흑인 작가 해밀턴의 『위대한 M.C. 히긴스』에서는 의미를 잃어버린 아프리카의 주문이 주인공의 상상력의 원천이 된다. 작가에게 물어보니 그녀 자신도 의미를 잃어버린 몇 줄의 아프리카어를 껴안고 살고 있다고 했다.

일본에서는 이케자와 나쓰키의 『하와이 기행』이 전인미답의 시도를 한 작품이다. 하와이에 대한 자신의 견문 속에서 '태평양에 있는 하나의 섬'으로서 일본 문화의 자리를 발견했기 때문이다. 그는 고대로부터 내려오는 하와이 섬들의 훌라 춤을 통해 그 원형을 배우는 수행의 과정을 찾아냈다.

　일본 문학에서 이케자와의 저작과 가까운 작품을 찾다 보면 오오카 쇼헤이의 소설 『포로기』와 실록 『레이테 전기レイテ戦記』에 다다른다. 『포로기』에서는 한 일본인 병사가 다른 미국인 병사를 발견하고(상대방은 아직 자신을 발견하지 못한 상황에서) 총을 쏘지 않기로 한다. 그 문장은 단순히 한 명의 일본 병사를 묘사한 것이 아니라 인간의 원형으로 회귀하는 과정을 그린 것이다. 『레이테 전기』는 필리핀 주민의 눈을 통해 미국과 일본을 바라보는 방향으로 한발 전진한 작품이다. 이는 그때까지 나온 일본의 전쟁 소설에서 쓰지 못했던 것이다. 그 속에서는 오오카도 모르는 따갈로그(필리핀어)가 부재한 채로 세상을 부유한다.

5

그
때

그가 한 발을 내디뎠다

1911년 8월 29일 이른 아침, 북미 선주민인 야히족 남자가 캘리포니아주 오로빌 마을을 향해 걷고 있었다. 그의 부족이 멸족 위기에 처해 도움을 청하러 백인 마을에 나타난 것이다.

그가 크로버라는 학자와 만난 것은 행운이었다. 앨프리드 크로버는 언어학자 에드워드 사피어의 도움을 받아 야히족 남자의 이야기를 들었다. 그가 살던 곳에 안내받아 그가 어떻게 식재료를 구해 어떻게 조리하는지, 옷은 어떻게 만들어 입는지를 직접 보기도 했다. 사람은 현장의 활동을 보지 않으면 그 지혜의 깊이를 알 수 없다. 이토록 훌륭한 인간을 백인들은 얼마나 내려보고, 또 죽여온 것인가. 그런 생각 끝에 크로버는 우울증에 빠졌고 결국 죽을 때까지 벗어나지 못했다.

크로버가 타계한 후 부인 시어도라는 그의 유고를 바탕으로 생전에 만나지 못했던 야히족 남자 이시에 관한 전기를 썼다. 딸 르 귄은 이시가 활약하는 새로운 세계를 창조해 『어스시의 마법사』를 썼다. 두 아들도 이시에 대한 고증에 기초한 저작을 발표했다.

패전 후 미국의 민간정보부가 있던 히비야의 NHK 방송국 주변을 걷다가 우연히 그때까지 이름만 알던 미국 문화인류학자 클라이드 클럭혼을 만난 적이 있다. 길에 서서 이야기를 나누는데 그가 가방에서 타이프된 자신의 논문 초고를 꺼내 내밀었다. 막 완성된 미발표 논문의 서문에는 그의 동료가 타이완에서 한 경험이 적혀 있었다.

중국 대륙에서 국민당이 패배한 후 국민당을 지원하기 위해 파견된 미국 고문단이 미국 군인과 같은 배로 철수하는 중이었다. 고문단의 일원인 클럭혼의 동료 귀에 미국 병사들이 잡담하는 소리가 들려왔다고 한다. "저 중국인들에게 필요한 건 우리의 뇌야. 공산군보다는 뛰어난 무기를 가졌으니 우리 뇌를 그들 두개골 안에 채워 넣기만 하면 이길 수 있을걸." 논문 서문에 썼을 정도로, 직접 들었던 동료에게도, 나중에 전해 들었던 클럭혼에게도 병사들의 말은 매우 터무니없는 것이었다. 세계사를 공부한 사람이라면 얼마나 많은 인류 유산이 중국에서 발명되었는지 잘 안다. 그 지식이 미국 이백 년 역사 속에서 지워진 것이다.

일본에는 중국에서 벌인 15년전쟁 기간 내내 전쟁을 반대했던 영문학자 주가쿠 분쇼와 주가쿠 시즈 부부 일가가 있었다. 일본과 미국의 근대를 겹쳐보면 이 가족은 20세기 내내 미국 문명을 비판한 크로버 일가와 닮았다. 부인 주가쿠 시즈가 죽창으로 미군 병사를 찔러 죽이는 반상회 단위 훈련에 자주 불려 나가야 했던 시대였다. 그럼에도 주가쿠 시즈는 군국주의 일본 안에서 주가쿠 일가라는 작은 공화국을 지켜냈다.

두 개의 사건

음악학자 가네쓰네 기요스케의 자전 『잔향殘響』을 읽었다. 가네쓰네는 대학에서 물리학을 전공한 후 독일에서 유학했다. 도서관에서 베토벤의 청년 시절 악보들을 빌려 악보에 있는 모든 선율에 대한 대립 선율을 직접 만들었다고 한다. 자신에게 작곡의 재능이 없다는 것을 깨닫고 일본 민간에 전해지는 선율의 채보와 수집으로 진로를 튼 것은 한참 후의 일이다. 하나의 선율이 나타나고 뒤에 다른 선율이 그것을 따라가는 형식(대위법)에 관한 이야기가 인상 깊었다.

1936년 2월 26일, 중학교 일학년이던 내가 눈길을 걸어 가키노키자카에 있는 학교에 도착했을 때 육군 부대의 청년 장교들이 봉기하여 중신들을 암살했다는 뉴스(2·26사건)가 들려왔다.

얼마 지나지 않아 또 하나의 사건이 일어났다. 계엄령하 도쿄에서 아베 사다라는 중년 여성이 중년 남성을 목 졸라 살해하고 그 성기를 절단한 뒤 한동안 도시 속으로 숨어버린 사건이었다. 열세 살이던 나는 늦은 저녁 귀가할 때마다 아베가 전신주 뒤에 숨어 있다 덮칠 것만 같았다.

이 두 사건은 내게 두 개의 선율처럼 얽혀서 반복적으로 나타났다.

2월 26일에 봉기한 청년 장교들은 국가에 머리를 숙이지 않고 처형당했다. 징역형에 처해진 아베 사다 역시 재판 내내 자신의 행동에 대해 끝까지 국가에 머리를 숙이지 않았다. 세키네 히로시의 시, 오시마 나기사의 영화, 곤노 쓰토무의 TV 다큐멘터리가 재판 자료를 통해 재판정에 선 그녀의 모습을 전했다.

2·26사건의 청년 장교들은 국가의 관념을 순수화한 사람들이다. 모든 정치 유파는 끊임없이 이런 순수화의 유혹을 받는다. 그와 달리 아베 사다는 자신의 행위로 받게 되는 처벌에 대해 조금도 억울해하지 않았다. 나는 그녀의 행위가 귀결되는 모습을 보면서 그녀가 국가의 순수화와는 다른 삶의 방식으로 사는 사람이라는 것을 알 수 있었다. 나는 지금도 결단코 국가를 절대화하지 않는 입장에 서겠다는 의지를 다지는데, 그때마다 그녀에게 호감을 느낀다.

내 안에서 끊임없이 울려 퍼지는 두 선율의 푸가는 '일억일심'이라는 표어가 나돌던 전쟁 중에도 나를 지탱하는 힘이었다.

전시뿐만이 아니다. 전쟁이 끝난 후에도 정치 사상의 흐름 위에서 국가를 절대화하는 움직임이 반복해 일어날 때마다 내 안에서 또 하나의 선율이 나타나 싸웠다. 나는 이 끊임없는 각축에서 벗어날 수 없다.

얼마 전 도널드 킨의 『다섯 명의 현대 일본 소설가Five Modern Japanese Novelists』를 읽었다. 특히 미시마 유키오에 대해 쓴 내용이 재미있었다. 동시대 사람인 도널드 킨과 내가 다른 결을 가지게 된 것은 우리가 열 두세 살에 일어난 이 두 개의 사건을 서로 다르게 받아들였기 때문인지도 모르겠다.

크게 파악하는 힘

대학 삼학년이 된 1941년의 어느 날, 재미 일본대사관의 와카스기 공사에게서 만년필로 쓴 편지를 받았다. 미국에 있는 일본인 유학생들에게 귀국을 권유하는 내용이었다.

그때 하버드대학의 유일한 일본인 학부생이던 나는 신원보증인 아서 슐레진저 교수를 찾아가 당시 상황에 대해 의논했다. 먼저 하버드대학을 졸업하고 강사가 된 쓰루 시게토도 함께였다.

쓰루는 미일전쟁이 일어나지 않을 것이라고 했고, 나는 일어날 것이라고 예상했다. 귀국 대상자가 아닌 슐레진저는 일본 역사는 잘 모른다며 단언을 피했지만 이렇게 자신의 견해를 밝혔다. "백 년 전 미국의 흑선과 만난 일본의 지도자들이 계속된 쇄국으로 세계정세를 파악하지 못하고 있는 건 분명해 보여요. 하지만 작고 가난한 나라를 강대국에 지배받지 않는 하나의 국가로 키워낸 것도 사실이지요. 그런 현명한 지도자들이 질 것이 뻔한 미국과의 전쟁에 자신들의 나라를 내몰 리 없어요."

물론 결과만 보면 그의 예측은 틀렸다. 그러나 역사를

큰 틀에서 파악하는 그의 관점은 커다란 세계사에 대한 이해를 담고 있었다. 이는 바로 미일 관계를 근시안적으로 들여다보던 당시 일본의 대졸 외교관들이 잊고 있던 것이다.

그 당시에도, 또 지금도, 대학을 나온 전문 관료는 백오십 년, 이백 년 단위 속에서 일본을 보지 못하고 좁고 세세한 정보 처리에만 매달린 형태로 미국과의 관계를 이끌고 있다.

물론 이것은 미합중국에도 해당하는 이야기다. 내가 미국 대학에서 배운 가장 중요한 것은 '보통 사람들의 철학'이다. 그로부터 육십여 년이 지난 지금 미국은 지식인까지 포함해 그 길에서 벗어나 있는 듯 보인다.

후대 일본인과 비교했을 때, 내가 지식으로만 알고 있는 이백 년 전의 와타나베 가잔이나 다카노 조에이, 백오십 년 전의 요코이 쇼난, 가쓰 가이슈, 사카모토 료마, 다카스기 신사쿠, 백 년 전의 고다마 겐타로, 다카하시 고레키요, 그리고 나쓰메 소세키, 모리 오가이, 고다 로한 등은 세계를 크게 파악하는 힘을 가지고 있었다.

미일전쟁이 일어날 것이라고 했던 나의 예측이 맞은 것

은 현역 정치인의 아들로 태어나 자란 경험을 통해 얻은 직관 덕분이었을 것이다. 그때 내가 와카스기 공사의 권유를 받아들여 대학을 그만두고 귀국선을 타러 미국 서해안으로 떠났다면 어떻게 되었을까. 그때 유학생들을 태우기로 한 귀국선은 결국 미국에 도착하지 못했다. 태평양 한가운데에서 본국의 명령을 받은 선장이 결국 도중에 일본으로 배를 돌렸기 때문이다.

1904년의 반전론

이런 글귀가 적힌 족자를 받았다.

하늘과 땅에 맡겨 씨를 뿌려놓으면 언젠가는 꽃을 보는 사람이 있겠지.

족자에 서명이 없어 자세히 살펴보니 왼쪽 아래에 작게 '나오에尚江'라는 도장이 찍혀 있다.

사회운동가 이시카와 산시로 선생이 타계하고 얼마 안 있어 양녀인 에이코 씨가 가져다준 것인데 제대로 된 인사를 할 기회를 찾지 못한 채 시간이 지나버렸다. 한번 교토에 와서 지내시라고 제안한 적은 있다. 그녀는 양부와 살고 있던 집을 처분하고 파리로 떠났다. 그녀가 일시 귀국해서 보내준 파리의 선물에도 답례를 하지 못하고 있었는데 얼마 전 그만 세상을 뜨고 말았다.

이 글은 원래 미닫이에 적혀 있던 것이다. 이시카와 선생은 전쟁 때 주로 그 미닫이 옆에서 일했다. 어느 날 동지인 기노시타 나오에가 찾아와 함께 참선도 하고, 담소도 나누며 시간을 보냈다. 이런 어수선한 세상에 우리가 다시 한번 나서야 하지 않겠느냐는 이야기를 하다 불쑥 이 글귀를 미닫이에 쓰고는, 서명 대신에 그냥 그 자리에 있던 도장을 찍었다는 것이다.

　패전 후에 기노시타 나오에의 전기가 출간되었는데 통설대로 러일전쟁이 끝나고 은퇴했다고만 쓰여 있었다. 실제로는 다르다. 쇼와 시대에 들어서 경제학자 가와카미 하지메가 공산당 활동으로 투옥되었을 때 기노시타는 그를 동정하는 서간을 옥중으로 보냈는데 그 글이 나중에 가와카미 자전에 실렸다. 중일전쟁 때는 월간지『디나미크ディナミック』 발행인이던 이시카와와 뜻을 모아 '반전'을 주장하기도 했다. 또한 기노시타는 알려진 바와 같이 마르크스주의자라는 말만으로는 파악할 수 없는 사람이기도 했다.

　이 족자를 내게 물려준 이시카와 산시로는 미일전쟁의 분위기에 휩쓸리지 않기 위해 도쿄 세타가야에 있는 카라스야마에 틀어박혀 육십 평의 땅을 일구며 살았다. 그는 전시에도 개인적으로 가까웠던 무정부주의자 에드워드 카펜터의 유지를 지켰다. 이것은 곤도 겐지에게 보낸

엽서에도 남아 있다. 그렇게 대담한 사람이었다.

패전 후 한 잡지 글에서 이시카와 선생의 이름을 발견하고 직접 찾아가 기노시타에 대해 이것저것 물은 적이 있다. 선생은 그때의 일을 기억하고 이 족자를 내게 물려주셨다.

1904년 러일전쟁이 시작되었을 때 우치무라 간조, 사카이 도시히코, 고토쿠 슈스이, 기노시타 나오에, 그리고 이시카와 산시로 등 각기 다른 사상을 지향했던 사람들이 대중 연설을 통해 반전운동을 벌였다. 다이쇼 시대에 민주주의 사상가 요시노 사쿠조를 지키기 위해 시작된 반전운동을 주도한 것은 요시노가 가르친 도쿄대학 법학부 학생들이었다. 그들이 주도한 '신인회'의 주류는 이후에 요시노를 넘어 소비에트 러시아라는 국가의 지휘하에 놓이게 된다.

나는 1904년 반전론자들의 입장에 호감을 느낀다. 그래서인지 이시카와 선생이 물려준 기노시타의 유작이 더없이 소중하다.

제일 처음 한 방울

어떤 움직임의 시작은 어디이고 또 끝은 어디인가. 양쪽 다 어려운 문제여서 나는 그 답을 내기를 포기하고 그 중간의 어떤 한 지점을 지켜볼 뿐이라는 결론을 내렸다.

'인민전선'이라는 운동의 시작을 봐도 그렇다. 백과사전을 찾아보면 유럽에서 파시즘이 일어났을 때 그에 반대하는 운동에 붙여진 이름이었다. 내가 인민전선 안에 존재한다고 자각한 것은 제2차 세계대전이 끝난 후다. 내 주변 사람의 글과 활동이 인민전선의 흐름 속에 있다는 것을 알게 되었기 때문이다. 나카이 마사카즈, 다케타니 미쓰오, 구노 오사무, 와다 요이치, 신무라 다케시, 마시타 신이치, 아오야마 히데오. 패전 직후인 1946년 내 주변에 나타난 사람들의 느낌은 모두 어딘가 닮아 있었다.

불가리아 정치가 디미트로프는 국제공산당 서기장으로서 반파시즘 통일 전선을 주장했다. 그것이 '인민전선은 빨갱이'라는 소문의 근거로 쓰였다. 그 소문은 일본에서 인민전선을 탄압하는 근거이기도 했다. 도쿄에서, 교토에서 대표자들이 투옥되었다. 그 일은 당시 신문에서 읽은 지식으로만 내 안에 남아 있다.

일본이 패전한 1945년 말에 계획을 시작해서 다음해 초부터 사상지 『사상의 과학思想の科學』을 발행했다. 그때 편집위원 리스트를 만들어준 것은 사회학자인 내 여동생 쓰루미 가즈코였다. 소학교를 졸업하고 얼마 안 있어 일본을 떠났던 나에게는 일본에서 사귄 학자가 거의 없었다. 그 창립 동인 일곱 명 중에 다케타니 미쓰오도 있었다.

창립 동인을 구성하던 여동생이 "이제 민주주의과학자협회가 창간한 잡지 『민주주의 과학』도 나왔으니 『사상의 과학』을 낼 의미가 없다"고 하자 다케타니는 "공산당일본 정당 말만 따르지 않는 잡지가 하나 정도 더 있는 게 좋다"고 주장했다. 결국 『사상의 과학』은 예정대로 발간되었다. 시작은 『민주주의 과학』과 비교하면 영향력이 미미한 계간지에 불과했지만 어느 정당에도 종속되지 않는 잡지로 오십 년 동안 생명을 유지했다.

다케타니의 말을 들었을 때만 해도 나는 그가 어떤 사람인지 충분히 알지 못했다. 전쟁 중에 발표된 천문학자 튀코 브라헤에 관해 쓴 논문을 읽어봤을 뿐이었다.

전쟁 중에 그가 논문을 실은 『세계문화』라는 잡지의 존재를 알게 된 것은 한참 후다. 이 잡지는 단 두 해의 활동으로 탄압에 시달렸고 중심인물이 모두 투옥되는 운명을 맞았다. 『세계문화』의 자매지 『토요일』의 발행 책임자 사이토 라이타로도 전후에 우리 동료로서 공통의 몸짓을 교환했다.

일본에 '인민전선'이 있다는 것을 알고 소련의 국제공산당이 사람을 보내온 적이 있다. 그때 온 고바야시 요노스케는 교토에서 잡혀 결국 옥사했다.

그러나 당시 교토에 있던 인민전선은 일본의 독자적인 운동이었다. 그후로도 나는 그 흐름 속에서 살았다. 지금도 그렇다.

잡담의 역할

마루야마 마사오는 자신이 잡담으로 한 말이 활자화되는 것을 좋아하지 않았다. 그중 하나를 여기에 쓰려고 하는데 이미 세상을 뜬 그가 용서해줄지 모르겠다.

1967년 어느 날 도쿄의 한 다방에서 다른 용무로 그를 만났다. 마침 교정지를 가지고 있던 터라 그에게 "평론집을 하나 내는데 제목을 '일본적 사상의 가능성'이라고 붙였네"라고 하니 "그 제목은 별로야. 내가 자네에게서 배운 것은 대부분 일상적인 것이네"라는 대답이 돌아왔다.

나는 무릎을 쳤다. 듣고 보니 '일본적'이라고 시작하는 제목을 가진 평론집은 이미 1930년대에 수도 없이 쏟아져 나왔다. "일본적 사상의 가능성"이라는 제목은 오십 년만 지나면 1930년대 책들과 그다지 멀지 않은 곳에 놓이게 될 것이었다. 비슷한 책 중 하나가 되어버리는 것이다. 뛰어난 사상가는 타인의 저작을 그 저자보다 깊이 꿰뚫어보기도 한다.

책은 이미 인쇄소에 있었다. 그와 헤어지고 나는 급히 출판사에 전화를 걸어 제목을 바꿔달라고 요청했다. 마루야마 마사오가 나를 살린 것이다.

친구를 어떻게 정의할 수 있을까. 나는 그 사람에 대한 경의를 가지는 것이 가장 중요한 조건이고, 그 사람과 잡담을 나눌 수 있는가가 또 하나의 조건이라고 생각한다. 예를 들어 '오늘은 덥네요' 같은 말은 언어를 통해 관계를 맺는 방법이기도 하지만, 관계에서 고립되지 않기 위한 방법이기도 하다. 상대방의 신의를 확인하고자 하는 말만으로는 친구를 만들지 못한다. '오늘은 덥네요' 같은 하찮은 말을 나눌 수 있어야 비로소 그 사람을 친구라고 부를 수 있다.

나는 학교를 다닌 십일 년 반 동안 사귄 친구가 별로 없다. 그러나 오랜 시간을 살아오면서 놀랍게도 내게 '이웃'이라는 존재가 생겼다. 교토에 육십 년 가까이 살면서 '네이버후드neighborhood'라는 영어 단어에 가까운 느낌의 감각이 생긴 것이다. 도쿄에 살 때는 직업 사회가 내 삶의 중심이었지만 교토로 옮겨 직장과는 관련 없는 주변 관계 속에서 살게 되면서 그 감각이 내 안에 깊숙이 뿌리내렸다.

또 하나. 팔십 대에 접어든 후로는 세상을 뜬 사람과 살아 있는 사람 사이의 구별이 옅어졌다. 칠팔십 년을 만난 사람은 그 자체로 매우 강한 존재감을 가지고 내 안에 살아 있다. 마루야마 마사오는 육십 년도 더 이전인 전쟁 중에 논문을 통해 알게 되어 실제로 육십이 년을 만난 사람이다. 그의 죽음은 만남의 끝이 아니다.

내면의 소극장

노벨상 같은 큰 상을 받으면 일상생활에 큰 부담이 되는 것 같다. '9조 모임'^{일본의 영구적인 전쟁 포기와 군대 보유 금지를 규정} ^{한 헌법 제9조 개정에 반대하는 작가들의 모임} 강연회 때문에 오에 겐자부로, 사와치 히사에 등과 히로시마를 찾았을 때다. 무대 한편에서 오에의 연설을 들으며 운명에 짓눌리지 않는 힘이 그를 움직인다는 느낌을 받았다.

오에가 작사한 노래가 두 곡 있다. 그중 한 곡인 「졸업」을 히로시마의 여학생들이 불렀다. 장애를 가진 아들 히카루의 졸업을 축하하며 그가 가사를 붙이고 히카루가 직접 작곡한 곡이다. 그는 이 노래를 히카루의 생일에 불렀다. 피아노 연주는 작곡자인 히카루, 청중은 오에의 부인이었다. 이 소극장 공연을 위해서 그는 오랫동안 노래를 연습했다.

곡 중간에 전조가 한 번 있는데 여기서 아들은 언제나 양쪽 귀를 막는다고 했다. 오에는 언젠가 이 부분도 아들이 들어줄 만큼 잘 부르고 싶다며 연습을 계속했다.

오에 겐자부로의 생활 속 소극장이야말로 그가 단순히 일본의 세계적인 유명인이 아니라는 것을 보여준다. 그가 스스로를 격려하며 '9조 모임' 무대에 서는 힘도 그 원천은 같다. 그가 단순히 능숙한 연설만을 반복했다면 강연은 그에게서 내면을 지탱하는 힘을 빼앗아갔을 것이다.

학생들의 노래가 흐르는 동안 연단 모퉁이에서 수화가 함께 이어졌다. 나는 그 수화의 아주 일부밖에 이해할 수 없었지만 흘러나오고 있는 노래가 불러내는 내면의 이야기가 표현되고 있음을 느꼈다.

'평화를 지키는 쪽에서 살아가고 싶다.' 이 바람은 '할 수 있을까' 하는 의심과 갈등하며 끝없이 이어진다. 수화는 그런 이야기를 전하고 있었다.

육십 년 전 미국에 패배하고 그 결과로 일본의 새로운 헌법이 만들어졌을 때 그것을 지지하는 발언에는 내면의 갈등이 충분히 담겨 있지 않았다. 점령군을 등에 업은 위압적인 발언이 난무했고, 당장의 불만을 감춘 채 찬성을 외친 발언들은 미국의 입장이 바뀌면서 점점 노골적으로 9조를 부정하는 쪽으로 움직여갔다.

살아 있는 한 내면의 갈등은 우리 내부에 존재할 수밖에 없다. 그런 갈등이 있어야 반전의 몸짓이 역풍도 버텨

낼 수 있다. 오에의 목소리로 들리는 연설과 평행해서 이어진 수화의 소리 없는 이야기는 언어로 표현되는 사상과 언어로 표현되지 않는 사상의 교착처럼 느껴졌다.

언어로 표현되지 않는 사상이 언어로 표현되는 사상과 대립하면서 동시에 그것을 지탱할 때 언어로 표현되는 표면의 사상은 비로소 지속력을 가질 수 있다.

써내지 못한 문제

지금은 어떤지 모르겠지만 일본의 대학입시 공통 1차 시험이 모델로 삼은 미국의 대학 공통 입학시험은 실제로는 일본과 달리 오엑스로 묻지 않는다. 지금도 기억하고 있는 '유럽 근대사' 한 과목만 봐도 출제 문제 중에 여섯 개를 골라서 세 시간 동안 에세이 여섯 개를 쓰는 형식이었다.

여섯 문제 중에 다섯 문제는 그럭저럭 써낼 수 있었다. 여섯 번째 문제는 폴란드 분할에 대한 것이었는데 이 문제를 고른 것을 바로 후회했다. 러시아 제국과의 관계, 나폴레옹의 지배, 제1차 세계대전 이후, 그리고 나치 독일의 침략까지. 써야 할 것은 산처럼 많은데 어느 것도 만만치 않아 힘에 겨웠다.

시험을 본 1939년 유월부터 육십팔 년이 지난 지금, 다른 문제들은 까맣게 잊었는데 써내지 못한 문제는 여전히 기억에 남아 있다.

하버드대학에 입학하니 신입생 천 명이 영어A를 필수 과목으로 수강해야 했다. 나는 일학기 중간시험에 E(낙제점)를 받았다. 졸업에 필요한 열여섯 과목 중에서 받은 유일한 낙제점이었다. 장래가 막막했다.

나의 실망감은 하숙집에서도 티가 났을 것이다. 학기말이 되었는데 하숙집 아주머니가 "그땐 얘기하지 않았는데 사실 내가 영어A 선생님을 찾아갔다"고 하시는 것이 아닌가.

그때 담당 교수가 내 답안지를 꺼내 자신의 평가를 보여주었는데 "간략하지만 요점은 짚었다Brief but to the point"고 적혀 있었고, 아직 일학기이고 게다가 중간고사이니 걱정할 것 없다고 덧붙였다고 하셨다. 실제로 한 해를 마치고 나서 내가 받은 학점은 B(학부 학생으로는 우등)였다.

메이지 시대 초반의 일본에서 하숙집 아주머니가 혼자서 도쿄대학 강사를 찾아가는 일은 생각할 수 없었을 것이다. 웨어라는 강사의 이름은 지금도 기억난다. 그때 제출 문제 중 하나가 스콧 몬크리프가 기가 막히게 번역한 프루스트의 『잃어버린 시간을 찾아서』 영문판이었다. 그때 지문에 나온 '현기증vertigo'에서 막혔던 것을 칠십 년이 지난 지금도 기억하고 있다.

그런 문제들의 정답은 이제 알겠는데 '왜 사는가' 같은 시험 문제로 나올 일이 없는 문제에 대해서는 지금도 그 답을 모르겠다. 조금 더 살아봐야겠다고, 그냥 문제를 껴안고 있을 뿐이다. 이 문제를 오래 껴안고 있을수록 더 많은 것을 생각할 수 있을지 모른다.

반세기가 지나고 캐나다에 체류할 때 하숙집 여주인 매리언 영 부인에게 전화를 걸었더니 워싱턴으로 이사를 했다며 놀러오라고 하셨다. 나는 미국에 다시는 돌아가지 않기로 했다고 대답하니 "그럼 내가 가지 뭐"라고 하시고는 아흔이 넘은 할머니가 아들과 함께 비행기를 타고 몬트리올까지 만나러 와주셨다.

일본 교육사 외전

여름방학 한가운데서 패전 소식을 들은 직후인 1945년 9월 1일, 학교로 향하는 교사들의 발걸음은 매우 무거웠다. 그때까지 가르쳐온 것과는 정반대의 것을 그것도 똑같은 학생들에게 가르치지 않으면 안 되었기 때문이다.

자신들을 향한 질문.

그때 아이들을 향해 선 교사들이 등지고 있던 빛은 무엇이었나. 그것은 국가의 책임으로만 치부할 수 없는 자신들의 과오이기도 했다. 교육자 무차쿠 세이쿄가 아이들과 함께 만든 책 『메아리 학교山びこ學校』는 그런 시대에 나왔다.

아이들은 소학교에 들어가기 전까지 육 년 동안 저마다 각자의 생활을 경험한다. 그 생활 속에서 생겨난 관찰력과 직감 같은 것이 모여 하나의 교과서가 된다. 아이들이 가지고 있는 그 맨 처음의 교과서들을 어떻게 이어받을 것인가 하는 문제 역시 교사들의 중요한 과제다. 그렇게 생각해보면 소학교에서 중학교까지 교실에서 채점된 점수는 참고 자료에 지나지 않는다.

무차쿠 세이쿄의 교육에는 전쟁과 패전을 뛰어넘는 인

간의 교육을 향한 뜻이 있었다. 학교는 태어나서 육 년, 십이 년, 일상생활 속에서 다양한 생각을 몸에 익힌 학생과 교사가 서로 지혜를 모으고 나누는 곳이어야 한다.

교사이던 무차쿠 세이쿄는 학교에서 벗어나 사찰 주지로 '점수폐지연합'(점수만으로 아이들을 평가하지 말자는 뜻의 모임) 운동을 이어가고 있다. 이미 육십 년 이상 지속된 그의 운동이 어떤 결실을 맺게 될까. 교육은 일이 년에 성과를 확인할 수 있는 일이 아니니 계속 지켜봐야 할 것이다.

내가 육 년을 다닌 소학교에서 처음 들었던 수업은 산수였다. 선생님은 칠판에 흰색 검은색 동그라미를 그리고 답안지에 똑같은 것을 그려보라고 했다. 일학년 아이들은 곧바로 답을 그리고 손을 들었다. 그중에 손을 들지 않는 아이가 하나 있었다. 선생님은 그 아이 옆에 서서 감탄하는 눈으로 바라봤다. 아이가 답안지를 다 쓰자 선생님은 그것을 모두에게 보여주며 "아무개 군은 이런 답을 그렸어요"라고 했다. 거기에는 전체가 까맣게 칠해져 있고 하얀 동그라미만 칠해지지 않고 남겨져 있었다.

그때 선생님이 감탄한 이유는 무엇이었을까. "추상에는 여러 모습이 있는 것이 당연하니까." 나중에 대학교수가 된 동급생 중 한 명이 정년 퇴임을 하고 나서 그때의 일을 이렇게 유추했다. 애초에 문제가 하나가 아니었으니 그 답도 하나가 아니었던 것이다.

그 선생님과 학생 사이에는 육십 년이 넘는 자문자답이 이어졌다. 지금 일본의 교육 제도 속에서는 이런 자문자답이 길러질 수 없다. 무차쿠 세이쿄의 전후 교육에는 학생의 자문자답을 길러주는 길이 있었다. 그 길이 전후 일본의 교육 제도를 복구하는 흐름 속에서 사라졌다. 소학교에서 대학까지 열여덟 해를 교실에서 보내는 동안 학생은 물론 교사도 스스로 문제를 만들어내는 훈련의 기회를 가지지 못한다.

미국과의 단절

불량소년이었던 어린 날의 경험이 내게 남긴 건 무엇일까. 무엇보다 단계를 하나씩 오르는 방식으로 사고하는데 익숙하지 않다. 때로는 내가 어디서부터 시작할지 나 자신도 알지 못한다.

논리학으로 보면 애브덕션abduction에 기초한 찰스 샌더스 퍼스의 프래그머티즘과 가깝다. 나는 퍼스, 제임스, 미드 등의 프래그머티즘이 유럽 철학보다 더 잘 맞았다.

열다섯 살부터 열아홉 살까지 미국에서 지낸 후로 육십사 년 동안 나는 단 한 번도 미국에 돌아가지 않았다. 그러나 여든다섯 살이 된 지금도 내 철학의 고향은 미국이다.

앞서도 썼지만, 패전 후 대학 명부를 보고 에릭 리버맨이라는 미국 해군 군의관이 나를 찾아왔다. 대학에서 내 동급생은 약 천 명이었고 그와 나는 접점이 없었다. 그는 처음 만난 나를 보고 미국은 앞으로 전체주의 국가가 될 것이라고 했다. 설마. 나는 그 말을 믿지 않았다. 그러나 그로부터 반세기가 지난 어느 날 밤, 텔레비전을 통해 9·11 동시다발 테러를 접했다. 늦은 시간까지 텔레비전을 보다 한숨 자고 일어나 다시 텔레비전을 켜니 미국 대통령이 나와 "우리는 십자군"이라는 연설을 하고 있었다.

그 모습을 보며 육십 년 전 리버맨의 예측이 맞았다는 것을 깨달았다. 강력한 군사력을 가진 국가 주권이 그 군사력을 억제하기란 쉬운 일이 아니다. 불과 이백오십 년 전까지 작은 민병 조직밖에 가지지 못했던 미국이 오늘날 자신이 가진 세계 최대의 군사력을 내부로부터 억제하기 위해서는 매우 강한 정신력이 필요하다. 그러나 이제 그런 것은 미국에서 찾아볼 수 없다. 미일전쟁이 일어나고 1942년에 전시 포로수용소에 갇혀 있던 나에게 졸업 증서를 주었던 그 나라의 관대함은 그후 반세기도 이어지지 못했다. 그사이 나와 미국과의 관계도 완전히 단절되었다.

하버드대학 일학년 때 '프래그머티즘 운동'이라는 강의를 들은 찰스 모리스가 갑자기 밀턴 싱어를 소개하더니 싱어와 로버트 레드필드의 공저 『작은 공동체The Little Community』의 교정을 나에게 맡긴 일이 있다. 그 책을 통해 나는 '프로스펙트'(기대)와 '레트로스펙트'(회상)를 구분해서 이해하는 법을 배웠다. 하나의 시대를 만날 때 기대하는 것과 회상하는 것은 백팔십도 다르다.

  1945년 리버맨의 예측을 내가 믿지 않았던 것은 다른 측면의 기대를 가지고 있었기 때문이다. 나와 동시대를 바라보는 관점에 지대한 영향을 끼친 그 오판은 어디에서 온 것이었나. 시대를 돌이켜보며 생각해봐야 할 문제다.

보이지 않는 수집품

눈앞의 현상에 꿈을 섞으면 그 일은 영원의 일부가 된다. 『광기와 우연의 역사』라는 작은 책을 읽은 적이 있다. 로버트 스콧이 남극 탐험에 실패할 때 썼던 일기, 도스토옙스키가 사형 선고를 받고 자신의 전 생애를 돌아보며 쓴 기록 등이 실려 있었다. 나의 어설픈 독일어로 끝까지 읽은 몇 안 되는 책 중 하나다.

그 책의 저자 슈테판 츠바이크와는 인연이 있다. 비슷한 시기에 대학에서 독일어 자격 시험을 보았는데 「보이지 않는 소장품」이라는 츠바이크의 단편소설에서 문제가 출제되었다. 제1차 세계대전이 끝나고 눈이 보이지 않는 아버지와 지내던 딸이 마르크의 가치 하락으로 생활이 궁핍해지자 아버지가 모아놓은 그림을 몰래 팔기 시작한다. 아버지는 딸이 묻는 대로 기억을 더듬어 목록에 적힌 그림을 설명한다.

츠바이크는 오스트리아가 나치에 의해 파괴되는 것을 견디지 못하고 브라질로 망명, 부인과 함께 자살했다. 츠바이크의 문장이 시험 문제로 나온 지 칠십 년도 더 되었지만 지금도 단편소설의 제목까지 기억에 남아 있다.

또 하나 기억하는 비슷한 이야기가 있다. 인도에는 바람이 잘 통하는 집을 짓는 건축 문화가 있어서 옆집이 훤히 보이고는 한다. 한 대저택에 딸과 아버지가 살고 있었다. 아버지는 자신을 지역 토후쯤으로 생각하는 듯 말과 행동이 지나치게 점잖았는데 딸은 그런 아버지를 착실하게 모셨다. 그 모습을 지켜보던 옆집 청년이 하루는 장난기가 발동해서 예례복을 입고 그 집을 찾아 군주를 대하는 말투로 과장스럽게 인사를 하고 집을 나섰다. 그러자 딸이 뒤쫓아 와서 왜 우리 부녀에게 모욕을 주느냐고 따져 물으며 눈물을 쏟는 게 아닌가. 청년은 그 순간 자신의 행동을 뉘우친다.

그다음이 어떻게 되는지는 기억나지 않는데 아무튼 청년은 그 딸과 결혼하게 된다. 라빈드라나트 타고르의 작품이었던 것 같은데 그후에 전집을 찾아도 나오질 않는다. 전쟁 때 자바섬에서 읽은 이야기다.

내가 칠십 년 동안 경의를 품고 읽어온 올더스 헉슬리의 전기 중에 여동생의 회고가 나오는 부분이 있다. 어린 시절 실명에 가까운 시력 상실로 인해 손으로 벽을 더듬어 걷던 오빠가 마치 거미처럼 징그럽게 보였다고 회상하는 내용인데 딱 그뿐이다. 여동생은 그 모습이 이상하다고만 느꼈을 뿐, 눈이 보이지 않는 그 시간이 오빠에게 유럽을 포함한 동시대를 폭넓게 바라볼 자유를 주었다는 것은 깨닫지 못했다. 그래도 그녀가 받은 인상이 헉슬리의 전기에 남아 있는 것은 다행스러운 일이다.

자신을 지키는 길

「유적의 돼지遺跡の豚」(『이 한 권의 책一冊の本』, 2007년 10월
호)를 읽고 가와카미 히로미의 문장 속에 등장하는 장소
에 마음이 갔다. 장롱을 정리하다『돼지의 운수豚の運だめし』
라는 책에 대해 쓴 소학교 시절 독서 감상문을 발견한 가
와카미는 어린 시절의 문장을 틀린 맞춤법 그대로 옮겨
적었다.

나는 운이 없는 돼지가 불쌍애요.
하지만 마지막에 돼지가 행복애져서 다행이애요.
마쓰노키 유적松ノ木遺跡 고분시대 주거 유적의 돼지는 참 컷어요.
돼지가 오래오래 행복앴으면 좋겠어요. 끝.

물론 유적에 돼지 무리가 있을 리 없다. 이 감상문을 쓰
기 전에 학교에서 도쿄에 있는 마쓰노키 유적을 견학했는
데 그때 가까이에 있는 양돈장에도 갔던 모양이다.
가와카미는 그때의 자신을 '머릿속이 너무 복잡했던 소
학생'이라고 기억한다고 썼다. 그러나 나에게는 작가가 된
그녀의 문체가 어린 시절 그런 혼돈 속에 감춰져 있던 것

처럼 보인다. 그 혼돈을 옛날 일로 치부해 지워버리지 않은 그 지점에서 이 사람의 문체가 생겨났을 것이다.

소학교 때와는 달리 학력이 높아질수록 그녀는 자신이 본 대상을 떨어져 있는 대상과 구별해서 각각을 별개의 분류함에 넣고 그것에 대한 문장을 쓰는 기술을 배워야 했다. 그러나 작가가 된 후에는 그런 파편들이 저마다 다른 분류함에서 뛰쳐나와 섞이고, 함께 움직이게 되었다.

요즘 그녀는 서평을 쓴다. 그것은 그녀가 '책에 홀렸기 때문'이고, '읽다 보면 그 책을 함께 쓰고 있는 듯한 느낌이 들어 등장인물과 문장이 남 이야기 같지 않기 때문'이라고 한다. 그리고 스스로 이렇게 돌아본다.

남의 일이 아닌 나 자신의 일처럼 책을 읽으면 유치하든 소박하든 그 느낌이 있는 그대로 나의 느낌이 된다. 처음부터 내 일이라면 멋을 부리기도 하겠지만 '내가 아닌 나'라는 신비로운 상태가 되었으므로 자의식에 대해 더 이상 고민하지 않게 되었다.

그녀의 문장은 자신을 넘어서는 길이 아닌, 자신을 지키는 길에 대해 이야기하고 있다.

나는 일본에서 팔십오 년을 살면서 이 나라의 지식인이 학교를 반복해 졸업해가는 과정을 불신하게 되었다. 여기 고학력임에도 쉽게 졸업하지 않는 한 지식인을 통해 용기를 얻는다.

6

전쟁의 나날

소문 속에서 자라다

나는 팔십오 년 생애를 전쟁의 소문 속에 살았다.

시작은 러일전쟁의 잔상 속에서였다.

히로세 다케오 중좌, 다치바나 슈타 중좌. 그들에 관한 노래를 부르면서 그 속에 나오는 전쟁 영웅을 흉내 내는 한두 살 어린아이였다. 어느 한쪽이 쓰러져야 끝나는 놀이이기 때문에 하다 보면 무척 힘이 들었다.

다섯 살 때쯤에는 호외가 집으로 날아들었다. 사진까지 실린 신문이었는데 집안의 누군가가 '이 사람을 죽인 게 일본인'이라고 말해주었다_{일본 관동군이 중화민국 북양정부의 국가원수 장쭤린을 철로 폭파로 살해한 1928년 장쭤린 사건}. '일본인'이라는 자각이 없던 어린 나는 '일본인은 나쁜 사람'이라고 생각했다.

그로부터 두 해 정도 지나 소학교 이학년이 된 나는 조부의 동상 제막식에 참석하기 위해 만주에 가게 되었다. 그때 총으로 무장한 군인이 우리가 탄 자동차를 에워싸는 일이 일어났다. 아버지 장쭤린을 잃은 장쉐량의 병사들이 일본인(그때는 내가 일본인이라는 자각이 있었다)을 미워하는 것은 당연하다고 생각했다.

소학교 육 년 동안 그때 받은 인상을 떨쳐낼 수 없었다. 그 인상은 지금도 마치 메아리처럼 내 안에 남아 있다. 나에게는 내가 속한 일본이 항상 옳다는 생각 자체가 없다. 그런 생각은 의심스러울 뿐만 아니라 때로는 증오해야 할 대상이라고 느낀다. 물론 나 자신을 포함해서.

어린 시절 일본 천황은 군복을 입은 '대원수 폐하'였다. 나는 시민과 같은 평상복을 입은 천황을 본 적이 없다. 천황은 그야말로 군국주의 일본을 대표하는 존재였다. 일본 군대는 항상 조선, 중국에 가 있었다. 전쟁은 사변이라고 불렀고 그 사변은 '중국인과 일본인의 충돌'이라는 형태로 중국 본토에서 끊임없이 일어났다.

일본은 마침내 1941년 12월 8일 미국, 영국, 네덜란드, 중국을 상대로 전쟁을 일으켰다. 일본 정부는 '대동아전쟁'이라는 이름을 붙였다.

그때 나는 미국에서 유학 중이었다. 개전 직전이던 1941년 가을 주미공사가 만년필로 써서 보낸 속달이 도착했다. 서둘러 학적을 정리하고 귀국선으로 일본에 돌아가라는 것이었다.

깜짝 놀라 하버드대학에서 내 후견인인 아서 슐레진저에게 전화하자 그가 나를 집으로 불렀다. 서둘러 가보니 하버드대학 리타우어 센터 강사 쓰루 시게토가 먼저 와 있었다.

고교 시절 일본에서 체포된 적이 있던 쓰루는 함께 이야기를 나눈 사실이 발각되지 않도록 각자 종이에 답을 써보자고 했다. 나는 귀국선에 타지 않겠다고 썼다.

판단의 근거는 전쟁이 일어날지 아닐지였는데, 쓰루는 전쟁이 일어나지 않을 것이라고 예측했고 나는 전쟁이 일어날 것이라고 보았다.

부분 점수

미일전쟁은 일어날 것인가.

쓰루 시게토는 일어나지 않을 것이라고 했다. 지금쯤 상하이 같은 곳에서 일본 자본주의 대표와 미국 자본주의 대표가 만나 교섭의 절충점을 찾고 있을 것이며, 지금 일본 정부가 밖으로 하는 말은 블러프bluff(내가 가지고 있는 작은 사전에는 "이득을 얻기 위해 강한 척 하기make pretence of strength to gain advantage"라고 써 있는데 쓰루의 의도가 명쾌하게 전해지는 말이다)에 불과하다는 것이었다.

전쟁은 일어날 거예요. 내 대답이었다. 자신을 속이지 않고 남을 속이는 것은 매우 어려운 일인데, 일본의 정치가들은 그 정도로 치밀하지도 않을뿐더러 오랜 기간 일본의 군사력과 공업력을 과장하여 국민을 속여온 대가를 치르게 될 것이라고도 말했다.

제삼자의 입장에서 그 자리에 있던 슐레진저의 생각은 이러했다. "나는 일본사를 꼼꼼히 공부한 사람은 아니지만 1853년 페리의 미국 군함이 일본에 도착했을 때만 해도 한 치 앞을 보지 못했던 일본 정부가 불과 십 년 만에 새로운 정부를 세워 열강 사이에서 굳건한 위치를 차지했다는 것은 잘 알고 있어요. 그런 지도자를 선택하는 힘을 가진 나라가 질 것이 뻔한 전쟁에 국민을 끌어들일 것이라고는 생각하기 어렵군요."

미일전쟁에 대한 예측만 놓고 보면 쓰루 시게토와 슐레진저가 틀렸고, 내가 옳았다. 그것은 두 사람과는 달리 내가 일본 현역 정치인의 아들이기 때문이었다. 한 살부터 아버지와 같은 식탁에서 식사를 하고 아버지의 이야기를 듣고 아버지가 다른 정치인과 나누는 대화(식탁 옆에 전화기가 있었다)를 들으며 자란 나는 한 번도 정치인이 현명하다고 생각해본 적이 없었다.

그러나 그후에도 수없이 그때의 대화를 곱씹다 보니 슐레진저의 의견에서 무언가 다른 것이 보였다.

희곡작가 야마자키 마사카즈는 교토대학을 좋아했다. 그 이유는 자유로운 전술을 가진 교토대학 미식축구부의 팀 컬러와 수학 과목에서 부분 점수를 주는 입학시험의 채점 방식 때문이었다. 문제를 풀 때 미리 푸는 방법을 내다볼 줄 알고, 과정에서 봐야 할 것을 제대로 보았다면 설사 마지막 답이 틀리더라도 부분 점수를 주는 그 방식이 좋다는 것이다.

슐레진저의 예측도 결과를 맞추지 못했지만 막부 말기 일본 정부에 대해서는 매우 중요한 부분을 꿰뚫어보고 있었다.

아무튼 그때 내 사고의 커다란 방향이 정해졌다. 일본이라는 국가가 가진 문제점을 예리하게 꿰뚫어보고, 그것을 정확하게 써나갈 것이며, 일본이기 때문에 무조건 좋다는 생각은 버리되 일본과 일본인에 소속된 채로 살아가기로 한 것이다.

기억 속에서 커가는 존재

나에겐 친구들과 학교를 함께 다닌 경험이 많지 않다. 그래도 소학교는 같은 학교를 육 년 동안 다닌 덕분에 동급생의 이름과 얼굴을 하나하나 기억한다. 그중에는 함께 공유하고 있는 기억 속 풍경을 통해 친구라는 것을 확인한 경우도 있다.

추리소설가 나카이 히데오와 나는 1928년 4월 1일에 함께 입학해서 졸업할 때까지 육 년 내내 같은 소학교를 다녔다.

그로부터 삼십 년이 지난 어느 날 한 책방에서 책꽂이 상단에 꽂힌 추리소설이 눈에 들어왔다. 점원이 뽑아준 책을 받아 펼쳐보았는데 많이 본 듯한 풍경이 나왔다. 책을 사가지고 하숙집에 돌아와 읽어보니 내가 아는 저자였다.

책을 발행한 출판사에 아는 편집자가 있어 물어보았다. 내가 아는 그 사람이 맞다고 했다. 필명은 도 아키오, 본명은 나카이 히데오. 책 제목은 『허무에의 제물』이었다.

그로부터 또 몇 년이 지나고 그가 교토로 찾아왔다. 소학교를 졸업한 지 삼십여 년 만이었다. 그때부터 책이 나올 때마다 내게 보내주었다. 그렇게 나는 그의 생전과 사후, 두 종류의 나카이 히데오 전집을 읽었다.

그중에서도 전쟁 때 쓴 「저편에서彼方より」라는 수기를 읽다가 그의 아버지가 식물분류학 교수 나카이 다케노신이라는 것을 알고 깜짝 놀랐다. 해군 군속으로 자바섬에서 근무할 때 내가 최초로 받은 명령은 위장용 식물에 대한 소책자를 만드는 것이었다. 작업을 위해 동양 최대의 보이텐조르히 식물원으로 파견되었는데 그 식물원 원장이 바로 나카이 다케노신이었다. 당시 육군중장 대우의 사정장관으로 자바섬에서는 사령관 다음가는 고위직이었다. 물론 나는 오장伍長에 해당하는 군속에 불과했다.

그때 그가 꼼꼼하게 설명해준 덕분에 그것을 받아 적어 만든 소책자를 태평양 곳곳에 있는 해군 기지에 보낼 수 있었다. 얼마 지나지 않아 여기저기서 감사장을 보내오기도 했다.

그 소책자는 내가 일본어로 쓴 최초의 책이다. 그것을 쓰기 위한 자료를 제공해준 사람이 소학교 친구의 아버지라는 것은 짐작도 하지 못했다. 나카이 다케노신 역시 그 사실을 모른 채 내게 매우 친절하게 대해주었다. 훗날 나카이 히데오와 만났을 때 "너희 아버지가 너한테 듣던 것처럼 나쁜 사람은 아니던데?"라고 했더니 들은 척도 하지 않았다.

　나카이 히데오는 도쿄대학 재학 중에 학도병으로 출진해서 육군참모본부 암호병으로 근무했다. 「저편에서」는 거기서 전쟁을 저주하며 쓴 일기다. 나도 인도네시아 바타비아 해군 무관부에서 비밀 기록을 담당했는데 그때 '진단 소견서'라고 쓰인 가짜 파일을 만들어 영어로 그 전쟁의 미래를 예측하는 글을 쓴 적이 있다. 물론 나카이 히데오가 참모본부에서 쓴 일기는 나와는 비교도 안 될 만큼 용감한 행동의 소산이었다. 지금도 그는 내 기억 속에서 시간이 지날수록 점점 더 위대해지는 동급생이다.

나는 왜 교환선에 탔는가

다시 기억을 되돌려보자. 1942년 5월, 나는 미국 메릴랜드주 볼티모어 근방 포트 미드 안에 있는 일본인 전시 포로수용소에 있었다. "곧 출발하는 미일 교환선에 타겠는가 남겠는가?"라고 묻는 미국 정부 관료에게 나는 "타겠다"고 대답했다.

그때 나는 무슨 생각을 했던 것일까. 지난 육십오 년간 나는 수도 없이 되물어왔다.

그때 내가 했던 생각을 숨김없이 재현해보려 한다. 우선 내가 일본 국적을 가지고 있기 때문에 무조건 일본 정부의 결정에 따라야 한다고 생각하지는 않았다. 일본 국민이 일본 정부의 명령에 복종해야 한다는 생각은 일본에 있을 때부터 버린 지 오래였다.

그렇다면 이미 일본에서 떨어진 수용소에서 왜 굳이 일본으로 돌아오려 했던 것일까.

내 일본어가 갈수록 이상해지긴 했어도 일본에서 태어나 일본 언어를 쓰고, 일본 사람을 만나며 살았다. 같은 땅, 같은 풍경 속에서 지낸 가족, 친구, 그것이 내게는 국가와 구별되는 '나라'이며, 내가 전쟁을 일으킨 정부에 반

대하는 것과는 별개로 그 '나라'가 여전히 나의 뿌리임에
는 변함이 없었다.

동시에, 법률적인 '국적'을 가지고 있다고 해서 어떻게
그 국가의 생각을 나의 생각으로 받아들일 수 있으며, 국
가 권력이 말하는 대로 타인을 죽일 수 있단 말인가. 나
는 일찍부터 이런 의문을 가지고 있었다. 이 국가는 올바
르지도 않을뿐더러 반드시 패배한다, 이 국가의 패배는
'나라'를 짓밟을 것이다, 그때 나의 '나라'와 함께 패배하는
쪽에 서 있고 싶다. 나는 그렇게 생각했다. 적국의 포로수
용소에서 먹고 자는 것에 불편 없이 편하게 살아남고 싶
다고 생각해본 적은 없었다. 무엇보다 '영어 가능자'의 신
분으로 패배한 후의 '나라'에 돌아가고 싶지 않았다.

그렇다고 당시의 일본이라는 '국가'를 사랑하며 그렇기
때문에 정부의 생각을 그대로 받아들였다는 오해를 받고
싶은 마음은 추호도 없었다. 패전 후에도 마찬가지였다.
그러나 우리 집안에서조차 나의 이런 생각은 쉽게 이해받
지 못했다. 전쟁 때는 그 자체로 매우 위험한 일이었다. 전
후 시대를 거친 지금도 여전히 쉽지 않아 보인다.

전후 일본 정치인은 일본인의 머리 위로 정당성 없는 원자폭탄을 두 개나 떨어뜨린 미국이 시키는 대로 복종했다. 일본 대신이 미국 국무장관 옆에 섰을 때 그 영광스러움을 감추지 못해 양쪽 볼에 홍조를 띠던 모습은 그대로 사진에 담겼다. 그 홍조는 결코 숨길 수 없는 사실이었다.

일하러 갔던 히로시마에서 원폭을 맞은 후 걸어서 고향인 나가사키까지 돌아가 두 번째 원폭을 경험하고도 살아남은 사람이 있었다. 그는 "농락당하고 있는 것 같았다"고 했다. 나는 일본의 전후는 그가 받았던 그 느낌에서 시작되었다고 생각한다. 그러나 그의 말은 국가와 정치인에 의해 은폐되었다.

내가 바라는 것

내가 B29의 폭격을 맞은 것은 싱가포르 군항에서였다. 자동차 여러 대가 몰려와 고위직 군인을 차례로 안전한 장소로 대피시켰다. 나는 단파 라디오를 듣는 임무를 맡고 있었기 때문에 자리를 비울 수 없었다. 나 이외에도 두 명이 함께 B29 폭탄이 어디로 떨어질지 모르는 상황에서 폭음 속에 갇힌 채 숨죽이고 있어야 하는 공포를 느꼈다.

군항 내에는 다른 병사들도 남아 있었지만 나는 고독했다. 나는 일본군의 승리를 믿지 않았다. 일본군의 정의로움도 믿지 않았다. 그로부터 오는 고독이었다.

그중에는 영국에서 태어나 일본에 사는 백모를 찾아왔다가 영일전쟁에 휘말린 스무 살의 일본군 병사가 있었다. 그는 영국 군대에는 있는 '밀리터리 글로리'를 일본군에서는 찾아볼 수 없다고 투덜거리고는 했다. 아스파라거스 크림수프를 좋아하는 그는 매일 아침 나오는 미소국을 싫어했다. 초등학교 고학년 때부터 러디어드 키플링의 장편시 「겅거 딘Gunga Din」을 낭송했다면서, 그 시에서는 영국 군대의 명예로움 같은 것이 느껴지는데 자신은 일본 군대에서 매일 아침 이런 미소국을 먹어야 하는 것이 비참하다고 했다. 나에게는 그와 잡담을 나누는 시간이 작은 낙이었다.

그가 꼽는 세계 최고의 작곡가는 한델(그는 헨델을 이렇게 발음했다)과 엘가(그때까지 들어본 적도 없었지만 지금은 나도 좋아한다)였고, 최고의 작가는 찰스 디킨스, 존 골즈워디, 존 프리스틀리였다. 모두 영국인이었다. 도스토옙스키도, 톨스토이도 들어 있지 않았다. 그의 아버지는 런던에서 고미술상을 하고 있다고 했다. 그는 군대에서 매일 구타를 당하는 듯했다. 그래도 끝까지 영국식 취향을 포기하지 않았다.

군항을 에워싼 철망 저편 언덕 위에 화교의 집이 외따로 서 있었다.

이 부대에서 나가 저 집에 살 수만 있다면 나는 아무것도 바랄 것이 없겠다고 생각했다. 절실한 꿈이었다. 그 이상의 꿈은 꿀 수조차 없었다. 그냥 아무것도 아닌 평범한 시간이 흐르는 일. 그것만이 그때 나의 가장 간절한 바람이었다.

2008년 3월 25일, 지금의 나는 그때 그 꿈속을 살고 있다. 살아남았고, 부대 바깥에 있다. 먹을 것, 사는 곳, 군대 바깥이라는 현실까지, 싱가포르 군항의 철망 안에서 꿈꾸던 모든 것이 이뤄졌으니 어찌 행복하지 않을 수 있겠는가.

1945년의 패전일로부터 육십삼 년 동안 나는 행복을 손에 넣었다. 그것을 잊지 않겠다. 다른 것은 모두 덤일 뿐이다.

탈주의 꿈

군대에서 내 상관이었던 과장은 일찍이 육군에 징집되어 중국 대륙에 파견된 적 있는 사람이었다. 한번은 중대장에게 미움을 받고 생명이 위태로울 정도로 위험한 지역으로 정찰을 나갔는데 살아 돌아오니 중대장이 자기 대신 사령부에 보고하겠다고 나섰다고 했다. '내가 정찰했으니 내가 가야 한다'고 항의했다가 싸움이 되었고 결국 총 개머리판으로 상관을 때려 영창에 보내졌다. 그 일로 승급하지 못했고 결국 상등병으로 군 생활을 마쳤다는 것이다.

그런 반항아적 기질이 있었던 그는 한편으로는 약삭빠른 면이 있어서 늘 가장 계급이 낮은 군속인 나에게 일을 맡기고 어딘가 놀러 다니기 일쑤였다.

점령지 곳곳에 전쟁을 싫어하는 이런 중년 남자가 있었다. 길거리에서 적지 않은 나이에 콧수염을 하고 담배를 꼬나물고 앉아 있는 육군 일병을 볼 때마다 일본군이 무서웠던 나조차도 왠지 모를 친근감을 느꼈다.

콧수염의 커뮤니케이션이라고나 할까. 나는 수천 년 전부터 언어가 배제된 이런 식의 소통이 인간 사회 내에서 성립해왔다고 생각한다.

　나는 내면의 언어가 영어였기 때문에 일본인이 다가오면 그것을 들킬까 봐 긴장하고는 했다. 흰 옷을 입고 있는데 '왜 벨트 아래 부분만 검어졌느냐'는 질문에 벨트 아래를 만지는 습관까지 들킨 듯한 공포를 느끼는 것과 비슷했다. 이런 신경증적 징후가 밖으로 크게 드러나지 않은 것은 어찌 보면 행운이었다.

　현지 여성들은 아름다웠지만 다가가지는 않았다. 일본인 여성에게 끌린 적도 있었으나 '국가를 위해 열심히 싸워달라'는 내용의 편지를 받으면 더 이상 다가설 수 없었다.

　내 임무는 대본영 발표로는 파악할 수 없는 적의 단파 방송을 듣고 매일 신속하게 신문을 만드는 것이었다. 혼자서 해야 하니 매우 고됐다. 팔십오 년의 생애에서 이때만큼 강도 높게 일한 적이 없었던 것 같다. 결국 나는 두 번의 흉부 카리에스 수술을 받고 일본으로 송환되었다.

　한밤중에 라디오 방송이 끊겨 작업을 할 수 없을 때는 관사 밖으로 나왔다. 그러면 멀리서 인도네시아 전통 음악 가믈란의 연주 소리가 들려왔다.

밤에는 마을의 날씨가 선선해지기 때문에 어린아이까지 밖으로 나와 단체로 음악을 즐기고는 했다. 그 소리가 들릴 때마다 나는 군대에서 벗어나 그 사이에 끼고 싶다고 생각했다.

　나를 숨겨주기는 할까. 며칠이나 가능할까. 그 섬은 일본 육군의 점령지여서 법을 관장하는 것도 육군 헌병이었다. 그런 중에 며칠씩이나 숨겨달라고 할 수는 없는 일이었다.

　내 꿈은 탈주였다. 다른 사람의 탈주를 돕는 것으로 그때의 꿈에 다가서게 된 것은 그로부터 이십사 년 후다. 베트남 파병을 거부하고 전선에서 이탈한 미국 군인을 보호하는 '베트남에 평화를! 시민연합' 활동에 참여한 것이다. 나에게 그 활동은 오랜 꿈의 실현이기도 했다.

전기를 읽다

한 해군 일등병이 거미를 잡아먹어본 적이 있다는 이야기를 꺼냈다. 어린 시절 거미를 짓이겨 먹으면 힘이 난다는 소문이 있었다는 것이다. 그러자 자원해서 해군에 들어온 열여덟 살 군속이 이렇게 물었다. "여러분은 다 저보다 나이가 많지만 실제로 사람을 죽여본 적은 없죠?" 나이 많은 군속 틈에서 자신을 우월하게 보이고 싶은 듯했다.

검도 유단자인 그는 셀레베스섬지금의 술라웨시섬에서 포로의 목을 벤 적이 있다고 했다. 마치 사람을 베면 힘이 나기라도 하는 듯 그는 그 자리에서 자신이 가장 강하다는 것을 증명하려 했다.

그 기억은 전후에도 내 안에 남아 있다. 그리고 그 기억에 대비되는 후루야마 고마오의 작품을 나는 좋아한다. 그는 나와 같은 불량소년과였다.

나는 어린 시절에 소위 말하는 날라리였다. 그래서 군대에서도 성병 예방 도구를 배급받아 위안소에 가는 일 따위는 하고 싶지 않았다. 그런 짓을 하면 십 대 때부터 깡다구 있게 살았던 내 젊은 날이 무의미해질 것 같았다. 그렇다고 평범하게 살다 군에 입대해서 위안소를 찾는 소

221

년병을 막을 수도 없었다. 고국으로 돌아갈 수 없을지도 모른다는 불안은 위안부도 같을 것이라고 생각했다. 한번은 조선 출신 위안부와 함께 운송선 바닥에 타게 된 적이 있는데 그때 내 안에서 그들에 대한 교감이 일었다.

후루야마 고마오의 전기戰記에도 유사한 감정이 적혀 있다. 그는 전쟁의 당위성을 불신하는 채로 중국 대륙에 끌려가서 전쟁이 끝나자 전쟁 범죄를 이유로 수용소에 갇혔다. 나는 그의 실제 감정이 담긴 전기를 재미있게 읽었다.

그와 같은 불량소년이었던 구라타 히로미쓰는 환락가 여성과 함께 살다 징집영장이 나오자 본가에 들르지도 않고 바로 전장에 나갔다. 그 여성의 전후 삶을 다룬 「싱고의 연인眞吾の戀人」은 내가 특히 좋아하는 작품이다. 인간의 삶으로서 주인공이 세상을 살아가는 방식은 흉내조차 낼 수 없는 것이다.

구라타의 친구 후루야마 고마오는 살아서 일본으로 돌아와 편집자가 되었다. 전쟁의 당위성에 관한 장편소설 『미로迷路』를 쓴 노가미 야에코에게 자신의 경험담을 이야기해주기도 했다. 그러다 음악 평론가 도야마 가즈유키와의 인연으로 그가 발행하던 『계간예술』의 편집을 맡게 되고 훗날 이 잡지에 자신의 소설을 직접 발표하면서 소설가가 되었다.

도야마 가즈유키는 내가 부립고등학교 심상과尋常科 일학년일 때 같은 교실에 있었다. 나는 이 학교에서 일 년 만에 쫓겨난 불량소년이었다. 그후 칠십여 년간 도야마와 만난 적은 없다. 언젠가 길에서 우연히라도 마주친다면 후루야마에게 소설을 쓸 기회를 주어 고맙다고 말하고 싶다. 팔십오 세 노인끼리 공통의 생각을 나눠보고 싶기도 하다.

투란도트 공주

후루야마 고마오와 마찬가지로 나도 이른바 '대동아전쟁' 중에 전쟁의 당위성을 불신하고 일본의 불의와 필패를 믿으며 도망 다니다 전장으로 보내졌다. 처음에는 독일어 통역으로 임용되었다. 그러나 바타비아 해군 무관부의 무관이 만만찮은 사람이어서 밤중에 영어 단파방송을 듣고 아침에 그 내용을 요약해서 혼자 신문을 만드는 임무를 맡게 되었다. 격무는 치키니 해군 병원의 분원에서 두 번에 걸친 흉부 카리에스 수술을 받고 일본으로 송환될 때까지 이어졌다.

어머니는 내가 어렸을 때부터 나를 나쁜 아이라고 부르며 자주 체벌했다. 그 경험이 수술 중에 큰 도움이 되었다. 마조히스트의 특성이 내 몸에 완벽하게 배어 있었던 것이다. 해군 병원은 마취약을 아껴서 수술을 해야 하는 형편이었다. 군의관은 고통을 잘 참는 나를 칭찬했다.

장기 입원 중에 부간호사들이 연기하는 연극 「투란도트 공주」를 보게 되었다. 일본에 있을 때 다카라즈카寶塚 가극으로 이 연극을 본 적이 있는 정간호사가 연기를 지도했다고 했다. 해군 부대의 환자들 모두 밝고 재미있는 그 연극을 좋아했다.

무대 위 연기자들은 해군 군정 지역이었던 셀레베스섬에서 채용된 열다섯 살에서 열여덟 살 사이의 소녀들이었다. 모어인 말레이어 이외에 네덜란드어와 일본어도 조금씩 할 정도로 모두 영리했다. 연극은 육십오 년이 지난 지금도 전쟁 중에 몇 안 되는 즐거웠던 기억으로 남아 있다.

그때의 연극이 자코모 푸치니의 원작을 어느 정도 충실히 옮겼는지는 잘 모르겠으나, 그런 조각들이 인간의 역사 속에 전해지는 것만으로 문학 그 자체라고 할 수 있지 않을까.

지금도 그 부간호사들을 핏체, 스말야나 등의 이름과 함께 기억하고 있다. 나는 말레이어를 할 줄 모르고 그녀들은 네덜란드어로 간호를 배웠으므로 나는 독일어와 영어의 순서로 말했고 그러면 언제나 정확하게 통했다.

흉부 카리에스 수술은 내 가슴에 두 개의 구멍을 남겼다. 두 번의 수술은 모두 꽤 오랜 시간이 걸렸다. 수술을 한 의사는 게이오대학 의학부를 막 졸업한 해군 군의대좌였다. 그는 내게 "카리에스 수술을 집도한 건 처음입니다. 많이 아픕니까?"라고 물었다. 그러자 중상 환자를 여러 번 치료한 적이 있어 노련한 간호사는 "당연히 아프죠. 이 렇게 떨고 있는 거 보며 모르세요?"라며 대답도 못 하고 필사적으로 고통을 참고 있던 나를 변호했다. 그리고 수술이 끝난 후엔 자신의 목을 잡게 하고 나를 수술대에서 들것으로 옮겨주었다.

몇 년 전 그 아베 간호사로부터 전화를 받았다. 아키타 현에 살고 있다고 했다. 그때 나는 스무 살을 갓 넘겼고 그녀는 두세 살 위였다. 전쟁을 겪어내던 나날 속에서 매우 또렷하게 남아 있는 기억이다.

'대동아전쟁'은 어디에 있었나

이른바 '대동아전쟁'의 기치가 개인의 욕망을 정당화하기 위한 것만은 아니었다. 나는 인도네시아 의용군이 행진하는 모습을 보고 창밖으로 몸을 빼고 기뻐하던 요시즈미 도메고로의 모습을 기억한다.

그는 야마가타현 출신이었다. 소학교 졸업 후 얼마 지나지 않아 공산당 운동으로 체포되어 투옥되었다. 출소 후 자바섬으로 건너가 한동안 상인으로 살았는데 전쟁이 터지자 억류되어 일본으로 송환되었고, 해군 무관부의 직원으로 다시 자바섬으로 돌아가 무관부 아래에 있는 부서의 과장이 되었다. 패전 후에는 일본으로 돌아가지 않고 구 네덜란드에 지배받는 것에 반대하는 인도네시아 의용군에 들어갔다가 결핵으로 사망했다. 그 외에도 일본으로 돌아가지 않은 일본인 동료가 몇몇 있었다.

무관부에는 백 명이 넘는 직원이 있었지만 해군 사관은 대좌와 중좌 둘에 해군 일등병이 둘, 나머지는 군속들이었다.

전체를 지휘하는 무관의 생각을 알 기회는 없었다. 나는 워낙 나이도 어리고 계급도 낮아서 일대일로 이야기해본 적도 없었다. 그는 내가 술을 마시지 않는 것을 알고 내가 카리에스 수술로 해군 병원에 입원했을 때 초콜릿을 산더미만큼 보내주었다. 다 먹을 수 없어 같은 병실의 환자들(대부분 해군)과 나눠 먹었던 기억이 난다.

나는 두 번째 수술 후 1944년 여름 자카르타를 떠나 일본으로 보내졌다. 다음은 나중에 들은 이야기다.

1945년 8월, 패전 소식을 들은 무관은 관저 지하실에 인도네시아 독립운동가들을 모아 자신은 출석하지 않은 채 인도네시아 독립선언문 초고를 쓸 장소를 제공했다. 육군에는 알리지 않고 독자적으로 내린 결정이었다. 물론 갑작스러운 일은 아니었다. 내가 근무할 때부터 무관은 수카르노, 하타, 수조노 후마르다니 등과 연락을 취하고 있었다. 나는 그들과 만나볼 기회를 가질 수 없었다.

패전 후 무관은 싱가포르의 창이 형무소로 보내졌으나 독립 인도네시아의 간부였던 독립운동가들이 탄원서를 보내 사형을 면했다. 마에다 다다시. 그의 마지막 계급은 해군소장이었다. 그는 해군대좌로서 취임한 바타비아 해군 무관부에서 해군 본부로 호출되는 일 없이 파견지에서 임무를 마쳤다.

전후에 그는 인도네시아와 무역업을 했는데 나도 두세 번 만난 적이 있다. 그때 새로 나온 인도네시아어 사전을 선물받았다. 그가 전쟁 때 어떤 심정이었는지 내게 직접 이야기한 적은 없다. 그 자리에는 내가 해군에 있었을 때 신세를 진 사람도 있었다. 그는 5·15사건_{1932년 일본에서 일어난 반란 사건}으로 퇴역한 이후 해군 밖에서 활동하다가 전후에 공산당과 관련된 활동을 하는 사람이었다. 마에다 다다시는 그가 나를 회유하지 못하도록 말렸다. 전쟁 때와 마찬가지로 나에게 내 길을 스스로 선택할 수 있는 여지를 주고자 한 것이다.

역사의 그림자

공복에는 뭐든지 먹을 수 있다고들 하는데 사실 그렇지도 않다.

전쟁이 끝날 무렵에는 시즈오카현 아타미에 빌린 집에서 낮 동안 혼자 지냈다. 배급받은 가루를 가지고 프라이팬으로 빵처럼 만들어보았으나 목구멍을 넘어가지 않았다. 몸에 수분이 부족해서인지 입안에 쑤셔 넣어도 목이 넘기지 못했다. 아무리 공복이라도 맛이 있고 없고를 떠나 목구멍을 넘어가주질 않으니 토악질만 나왔다.

뉴기니아, 필리핀의 산속에서 도마뱀을 잡아먹으려던 병사들도 웬만큼 체력을 유지하지 않은 이상 쉽게 먹지 못했을 것이다.

전쟁이 끝나고, 안데스 산맥에서 일어난 여객기 추락 사건으로 운동선수 일행이 산 자와 죽은 자로 나뉜 기록을 적은 피어스 폴 리드의 『얼라이브』를 읽은 적이 있다. 여기에 동료의 시체를 먹어야 한다고 하는 쪽과 먹어서는 안 된다고 주장하는 쪽이 대립했다는 내용이 나온다. 스스로의 전쟁 체험으로 비춰볼 때 나라면 죽은 사람의 살을 먹어도 된다는 판단을 내릴 것 같기는 하다. 하지만 실제로는 먹을 수가 없어서 결국 죽음을 선택했을 것이다.

안데스 일행 중 몇 명은 인간의 고기를 먹고 생환했다. 거기에서 작동한 것은 윤리적 판단을 넘어선 육체의 습관이다. 전쟁의 일상도 그랬다.

나는 일본으로 돌아온 후에도 카리에스가 흉부에서 복막염, 림프샘염으로 옮아가서 잘 움직이지 못했다. 움직여봐야 겨우 고장 난 라디오를 전파상에 가져가 수리를 맡기는 정도였다. 그리고 라디오를 찾아와서 혼자 8월 15일 천왕의 항복 방송을 들었다.

그 방송에서 '잔혹한 신형 폭탄'이라는 단어가 귀에 들어왔다. 나에게 그 말은 다섯 살 때 호외로 접한 잔혹한 장쭤린 폭살 사건 이래로 일본인이 공유해온 동시대사의 맥락에서 들렸다. 천황이 말하는 '잔혹'이라는 말이 귀에 들어왔던 것은 원폭 투하가 몇 개월, 아니 몇 년에 걸쳐 인간의 역사를 바꿀 사건이라는 것을 알고 있었기 때문이다. 그러나 미국 정부는 물론 미국을 추종하던 일본 정부도 끝내 원폭의 진실을 밝히지 않았다.

2008년 3월 14일, 일본 최고재판소는 전시에 일어난 요코하마 사건이 조작되었다는 원고의 주장을 각하했다. 공산당 재건을 계획했다는 사실무근의 범죄를 고문과 옥사를 통해 허위로 조작한 사건이다. 이번 판결로 결국 전후 육십사 년이 흐른 순간에도 그 진실은 가려지게 되었다. 우리 일본인들은 전시 판결의 부당성을 현재도 짊어지고 있다.

그 뿌리에 있는 죄야말로 전후 일본의 변하지 않는 특수성이다.

서로

　전장에 있는 병사들이 싫어하는 것 중 하나는 전의를 고양하기 위해 제작된 영화였다. 싱가포르 군항 내에 있는 운송선에 한 달 가까이 갇혀 있던 적이 있다. 쾌속 운송 선단이라는 홍보가 무색하게 항구를 벗어나자마자 미국 기동선 부대가 다가와서 항내로 돌아가 꼼짝없이 갇혀 있어야 했다.

　병사들의 사기를 진작하겠다는 목적으로 선내에서 영화를 상영하고 여흥 대회를 열었다. 그럴 때면 군가가 아닌 다이쇼 시대의 노래 「논키부시 のんき節」가 연주되기도 하고 가장극 「만사태평 아버지 のんきな父さん」가 무대에 오르기도 했다.

　가장 인기 있는 영화는 에노켄이라는 애칭을 가진 에노모토 겐이치가 출연한 작품들이었다. 후루카와 롯파의 코미디를 보면서 이치를 따지고 합리적인 전망을 떠올리던 우리는 영화가 끝나고 그런 것이 현실에서는 멀리 떨어져 있다는 것을 깨닫고 침묵에 빠지고는 했다. 그리고 「에노켄의 천만장자エ ノ ケンの千萬長者」「에노켄의 호카이보エ ノ ケンの法界坊」 같은 영화에 나오는 무의미하게 밝은 장면들을

보며 다시 기분을 되살렸다. 바라릴, 바라릴, 방바랑 같은 몇몇 주문은 지금도 기억난다.

오랜 시간 배 바닥에 갇혀 있으면 여기가 내 무덤이 될 것 같은 울적한 기분에 빠진다. 나는 군속 동료들과 함께였고 저편에는 조선 출신 위안부들이 앉아 있었다. 모두 고향으로 돌아가는 중이었으므로 상심하고 있던 것만은 아니었지만 그렇다고 그 길고 긴 항해 속에서 힘이 날 리도 없었다. 상급 갑판은 장교들 차지였다. 배 바닥에 실린 이들은 대강의 차이로 나눠졌을 뿐 서로 비슷한 종류의 사람이라는 인식이 있었다. 항구 바깥으로 나갔을 때 어뢰라도 날아오면 함께 죽어야 하는 운명이 그들을 기다리고 있었다.

쾌속 화물선에서 십삼 노트밖에 나오지 않는 연습용 순양함 가시이香椎로 갈아타고 일본으로 돌아와 모지항에서 도쿄로 향하는 열차를 타니 단벌에 조리를 신은 사람들이 밀려 들어왔다. 그들은 싱가포르항에서 배 바닥에 함께 있던 동료들이었다. 실제로 다른 배에서는 지뢰를 맞고 여럿이 죽었다고 했다. 그 외에는 말하는 것 자체가 금지되어 있었다. 모두 인생의 한 순간을 동행했던 사람들이었다.

전쟁 중에는 이런 식의 이별과 재회가 몇 번이나 반복되었다.

도쿄 대공습이 있던 1945년 2월 25일 밤에 나는 여동생과 도쿄로 돌아가던 중이었다. 도중 오미야에서 내려 열차를 갈아타고 시부야에 가서 성선 전차옛 철도 전차가 다니는 역까지 우리는 눈길을 걷고 또 걸었다. 아오야마 다카기정쯤에서는 우리 집 근처인 아자부주반에서 공습으로 집을 잃은 사람들을 지나쳤다. 다들 서로 이야기를 나누고 있었는데, 살아남았다는 안도감 때문인지 공습으로 모든 걸 잃었다는 것 따위는 신경 쓰지 않는 듯한 밝은 목소리였다. 나는 그들의 행렬에 강렬한 감동을 받았다. 재물에 집착하지 않는 인간의 태도가 느껴졌다. 가족 중 아무도 죽지 않은 듯했다. 우리는 여전히 한참을 걸어야 했고 발은 꽁꽁 얼어 있었지만 스쳐간 그 사람들의 따뜻함은 마음 깊이 남았다.

나의 독일어

독일어 통역으로 해군에 들어갔지만 정작 독일어를 쓸 기회는 거의 없었다.

그때 일본은 독일과 두 가지 통로로 이어져 있었다. 하나는 쾌속 봉쇄돌파선, 또 하나는 잠수함이었다. 나는 그중 쾌속 봉쇄돌파선을 타고 자바섬으로 향했다. 타이피스트 두 명, 농원 관리인을 지망하는 어떤 노인과 함께였다.

만 스물두 살에 처음으로 시작한 일이기도 했고, 배에서 유일하게 독일어를 하는 일본인이라 나는 무척 긴장할 수밖에 없었다. 배가 습격이라도 당하면 어떤 길을 선택해야 할지 막막했다.

배에는 독일군 병사들도 타고 있었는데 식당에서는 독일 군인과 일본인이 나뉘어서 식사를 했다. 다행히도 사환과는 독일어가 통했다. 갑판에서 만나 이야기를 나누는데 그는 일가족이 레스토랑을 경영한다고 했다. 이런 바보 같은 전쟁…… 둘만의 시간에 그는 본심을 털어놨다.

그가 무사히 독일로 돌아갔는지 모르겠다. 그 배 브루겐란트호가 연합군의 군함과 교전 끝에 브라질 리우데자네이루 앞바다에서 침몰했다는 소식을 바타비아에서 단파 수신 일을 할 때 들었을 뿐이다.

항해 중에 경계경보가 울린 것은 단 한 번이었다. 무사히 필리핀 마닐라를 거쳐 바타비아에 도착해 네 명 모두 무사히 하선했다. 항해 중에 만약을 대비해서 구명보트 안을 살펴보니 두툼한 초콜릿이 배 안에 한가득 있었다. 이걸 먹으면 바다 위에서 살아남을 수 있을까 생각해보았으나 실제로 확인할 기회는 오지 않았다.

식당의 다른 테이블에서 식사를 하고 있던 장교들은 독일 대사관과도 가까운 듯했다. 당시는 조르게 스파이 사건이 일어난 직후였는데 그들이 '대노한 오토 대사' 운운하는 이야기가 들렸다. 나는 휘말리고 싶지 않아 못들은 척했다. 사관들이 무슨 생각을 했는지는 알 수 없었다. 사관끼리는 나치식 인사도 하지 않았다.

그후 내 독일어를 써먹을 기회가 한 번 더 있었다.

그로부터 삼십 년 후 폴란드 크라크푸 근처 아우슈비츠 수용소를 찾았을 때의 일이다. 호텔 측이 주선해서 근처 폴란드인이 자신의 차로 우리 가족을 수용소로 안내해주었다. 전쟁 중에 열다섯 살이었던 통역은 독일인들의 심부름을 하다 독일어를 배웠다고 했다. 우리는 독일어로 대화를 나누었다. 늦은 시간까지 가이드를 해준 답례로 저녁 식사에 초대했지만 그는 집으로 돌아가겠다고 했다. 그날은 자신의 생일이어서 집에서 가족들이 기다리고 있다는 것이다. 그가 자신의 생일에 늦게까지 남아서 그런 수고를 해준 것이 이 처참한 장소를 찾아와 함께 생각을 나누고자 한 일본인들에 대한 고마움의 표현이었다는 것을 깨달았다.

7

미국, 그 안과 밖

폭풍우의 밤

미국에는 가고 싶어서 간 것이 아니다. 소학교, 중학교 모두 불량소년이 되어 실패했고, 중학교 이학년 때 중퇴한 후로는 학교를 다니지 않았다. 국회의원이던 아버지는 나를 미국으로 보내는 길을 택했다.

미국에서 다닌 학교는 매사추세츠주 콩코드 미들섹스 스쿨이다. 열두 살부터 스무 살까지 백 명 정도가 전원 기숙사에서 생활하는 학교인데 그중 영어를 잘 못하는 외국인은 나 하나였다.

1938년 9월 20일, 학교에 입학했을 때 내 나이는 열다섯 살이었다. 폭풍우로 교정에 있던 큰 나무가 몇 그루나 넘어지고 시야가 가려 교내에서 자동차 통행이 금지된 날이었다. 나는 기숙사 방을 배정받고 정전으로 캄캄한 방 안에서 혼자 밤을 보냈다.

다음 날에도 학교 수업은 시작되지 않았다. 직원과 상급생이 교정에 쓰러진 나무들을 치웠다.

수업이 재개되자 그때까지 외국인 학생을 받아본 적 없던 학교는 나에게 학년과 상관없이 영어 수준에 맞춰 아무 반이나 들어가라고 했다. 하지만 불량소년으로 살았던 죗값을 뒤늦게 받은 것인지 어느 반에 들어가도 영어가 전혀 들리지 않았다. 시험도 백지 답안을 낼 수밖에 없었다.

일본 중학교에 다닐 때 선생님을 화나게 하려고 일부러 백지 답안을 낸 적은 있었다. 어머니가 학교에 불려갔으므로 어머니를 골탕 먹이겠다는 목적도 동시에 달성한 셈이었다. 그 백지 답안이 부메랑처럼 나에게 돌아온 것이다. 일본에 있을 때는 바보인 척을 하면 힘이 났는데 미국에서는 그냥 바보였다.

할 수 없이 일본에서 중학생용 수험 참고서로 유명했던 오노 게이지로 선생의 『일영작문和英作文』을 구해 매일 아침 하나씩 풀기 시작했다. 하지만 미국의 영어 수업에서 쓰이는 교과서는 토머스 페인의 『인간의 권리Rights of Man』였다. 내가 모르는 단어가 한 페이지에 열다섯 개, 또 다른 수업의 교과서인 에드거 앨런 포의 선집 『큰 소용돌이 속에서A Descent into the Maelstrom』는 한 페이지에 서른다섯 개가 나왔다. 오노 게이지로의 책과 병행해서 따라잡을 수 있는 수준이 아니었다.

나는 신원보증인에게 다음 해에 대학 입학은 무리인 것

같다고 털어놓았다. 그러자 아서 슐레진저 교수는 자신은 외국어로 고생해본 경험이 없어 얼마나 힘든지 가늠도 하기 어렵다며 우선 자기 집으로 오라고 했다. 학교에서 떨어진 케임브리지의 자택으로 찾아가니 그때도 쓰루 시게토가 와 있었다.

쓰루 씨는 영어는 도구에 불과하므로 지나치게 신경 쓰지 말고 다음 해 유월에 있을 대학 입학시험에 응시하라고 조언했다. 나는 나보다 뛰어난 지성을 따를 수밖에 없었다.

화성으로부터의 침공

　미국 예비학교에서의 비참한 생활은 계속되었다. 나는 전교생 중 유일하게 영어를 못하는 이질적인 존재였다.

　하루는 기숙사 세면대에서 학생 두 명이 열심히 대화를 나누고 있었다. "무슨 얘기해?"라고 물었다(이 정도는 말할 수 있었다). 한 명이 말해봤자 못 알아들을 거라고 하자 다른 한 명이 천천히 말하면 알아들을 수도 있다고 했다. 가만히 들어보니 라디오 방송에 놀란 사람들이 집을 뛰쳐나오는 바람에 부상자가 나왔다는 이야기였다.

　나중에 알게 됐지만 정확하게는 1938년 10월 30일 성우 오슨 웰스의 방송(원작은 허버트 조지 웰스의 SF소설)으로 일어난 대혼란에 관한 것이었다. 사회심리학자 해들리 캔트릴이 『화성으로부터의 침공The Invasion from Mars』이라는 책으로 출간해 큰 반향을 일으킨 그 사건이다.

　어느 날 밤 자고 있는데 어떤 강한 압력이 내 몸을 점점 수축시키는 느낌을 받았다. 내 몸이 완전히 사라지겠다고 느끼는 찰나에 '퐁!'하는 소리와 함께 원래 사이즈로 돌아왔다. 일어나 전등을 켜니 눈 뒤에서 금색 모래가 끊임없이 쏟아져 나왔고 그게 멈추자 원래 사이즈의 내가 방 안을 걷고 있는 것이 느껴졌다. 그런 일은 어디서 들어 본 적도 없었다. 방을 나가 다른 방 아이들에게 이야기해 줄까, 아니, 안 그래도 언어도 안 통하는 이상한 아이라고 생각하는 아이들에게 더듬거리며 이런 이야기를 들려줘 봤자 통할 리가 없지. 오히려 화장실에 가서 변기 물에 머리를 처넣으면 충격으로 괜찮아질지도 몰라. 이런 생각을 하며 방 안을 서성거리는 사이에 마음이 가라앉아 다시 잠을 청했다.

다음 날 아침 겨우 몸을 일으켜 옷을 입고 교실에 갔다가 거기서 쓰러지고 말았다. 부속 병동에 실려가 체온을 재보니 화씨 백 도가 훨씬 넘었다. 당시 북미에서는 감기에 약을 쓰지 않았다. 병원에 눕힌 채 두 시간에 한 번 오렌지 주스와 물 중 하나를 마시게 하는 일을 반복했다.

열은 며칠 만에 내렸다. 일본에서 어렸을 때 먹던 회복식과 전혀 다른 수란 같은 음식을 삼키기가 쉽지 않았다.

일주일 만에 교실로 돌아갔는데 영어가 들렸다. 오히려 일본어가 입에서 나오질 않았다. 열 대여섯 살 시기에는 그런 식의 급작스러운 변이가 일어나기도 하는 모양이다.

그리고 1939년 유월의 어느 날 나는 미들섹스 스쿨에 파견 나온 시험관을 상대로 대학 공통 입학시험을 보았다. 유월 말부터는 시험 결과를 기다리며 시험이 필요 없는 하버드 서머스쿨을 다녔다. 하버드대학에 석사 학위를 받으러 온 미들섹스 스쿨 선생님이 있었는데 그가 합격 소식을 들려주었다. "축하하네! 합격했다고 들었네!" 나는 그럴 리 없다며 고개를 저었지만 혹시나 해서 교무과에 알아보니 정말 합격이었다.

미국인 가족

하버드대학에 입학하기 직전 학교도 기숙사도 문을 닫는 여름방학 기간이 있었다. 그사이에 미들섹스 스쿨의 동급생 중 한 명인 찰스 영 집에서 신세를 지게 되었다. 그러다 대학에 입학하는 가을부터는 아예 그 집에서 하숙을 하기로 했다.

나와 동갑내기인 찰스 영은 다음 해에 하버드대학에 입학해 집에서 학교를 다닐 예정이었다. 그의 형 케네스 영은 나보다 네 살 위인데 이미 미들섹스 스쿨을 졸업하고 하버드대학 정치학부에 다니고 있었다. 케네스는 대학 졸업 후에 히틀러의 바로 전 수상이며 독일에서 망명한 하인리히 브뤼닝의 조수가 되었다가 그후에는 국무성 일본 과장과 극동국장, 타이 대사를 지내게 된다. 아무튼 이 두 형제와 고등학생인 여동생 낸시, 그리고 어머니 매리언 헌트 영과 그 어머니인 헌트 부인까지 다섯 가족에 내가 합류하여 여섯 가족이 되었다.

내가 여기서 '가족'이라고 쓰는 이유는 영 부인으로부터 항상 '너는 우리 가족'이라는 말을 들었기 때문인 듯하다. 실제로 그 집에서 내가 모르는 비밀 같은 것은 없었다.

아파트는 부엌, 식당, 욕실 및 화장실, 침실 두 개의 다섯 공간으로 나뉘어 있었는데 거기서 다섯 명이 자고, 저녁 식사 후에 식당을 정리하고 나면 장남 케네스가 접이식 침대를 펼치고 잤다.

한 번은 그 식당에 케네스의 지인이자 당대 논객인 막스 러너를 초청해 티타임을 연 적이 있다. 식당 안이 찻잔을 들고 서성이는 손님들로 가득 찼다. 차는 중국산 오렌지 피코였고 영 부인이 직접 만든 오렌지 빵을 곁들여 먹었다.

기업 사장인 남편과 이혼하고 보험 판매원으로 생활하던 영 부인은 자신들의 공간을 줄여 나를 하숙생으로 받았다. 그로부터 일 년 후에는 티타임에 참석했던 도고 후미히코를 두 번째 하숙생으로 받으면서 더 큰 아파트로 옮겼다.

지금도 내 기억에 깊이 남아 있는 것은 그 작은 아파트에서의 티타임이다. 그것은 1929년 주식 폭락으로 대공황을 맞았던 직후의 미국에서 한때 유복했던 계급의 사람들이 생활이 곤궁해지는 가운데서도 인간으로서의 품위를 유지하려 애쓰던 시간이기도 했다.

열일곱 살부터 수년간 이 가족의 일원으로 지내면서 나도 변했다. 그들은 모두 세상을 떠났지만 지금도 여전히 내 미국인 가족으로 남아 있다.

미일전쟁

1941년 12월 7일, 저녁을 먹으러 간 대학 근처 식당은 한산했다. 아무도 나를 신경 쓰지 않았고 나는 평소처럼 고기를 채워 넣은 피망 요리를 먹은 후 돈을 아끼기 위해 홍차는 마시지 않고 곧바로 하숙집으로 돌아왔다.

한동안 신세를 지던 영 가족이 대학 삼학년인 찰스를 케임브리지에 남겨두고 국무성 관료가 된 장남 케네스를 따라 워싱턴으로 이사를 한 뒤였다. 나도 가을부터 혼자서 케임브리지에서 하숙을 하고 있었다. 내 다락방에 찾아오는 친구는 아무도 없었다.

그런데 그날은 집으로 돌아오니 방에 누가 와 있었다. 인기척이 있었다. 내 방 의자에 앉아 있는 건 미들섹스 스쿨 이후로 삼 년째 친구로 지내고 있던 찰스 영이었다.

그가 일어서서 나를 맞았다. "전쟁이 일어났어. 앞으로 양국은 서로를 증오하게 되겠지만 우리 둘은 그걸 뛰어넘었으면 한다." 물론 내게 그에 대한 증오는 없었다. 그후 전쟁이 계속된 네 해 동안에도 그를 미워하는 마음은 한 번도 일어나지 않았다. 그날부터 그가 이미 세상을 떠버린 지금까지도 그에 대한 그리움만이 있을 뿐이다. 내게 미일전쟁은 그런 것이었다.

찰스는 전쟁이 끝난 후 교사가 되었고 또 한동안은 기업의 사장을 지냈다. 부인과 사별한 후에 내게 보낸 편지가 있다. "익숙한 이 집을 떠날 때가 된 듯해. 아니스(그의 부인)도 이제 없으니. 그래도 인생은 아름다운 것 같다."

아내가 없다는 힘없는 문장이 곧바로 "라이프 이즈 원더풀"이라는 문장으로 넘어가는 행간에 마음이 끌렸다.

그런 식으로 자신의 심정을 표현하는 것도 그다웠다.

그후로 딱 한 번 그를 다시 만났다.

내가 일 년간 캐나다 대학에서 강의를 할 때 크리스마스 안부 전화를 했다. 영 부인은 가까우니 국경을 넘어 워싱턴으로 놀러 오라고 하셨다. 미국에는 돌아가지 않는다고 하니 그럼 이쪽으로 오겠다고 했다. 아흔 살이 넘은 노인이 설마 싶었는데 실제로 찰스와 함께 몬트리올까지 건너와 우리가 머물고 있던 아파트에서 함께 저녁 식사를 했다. 내 아내와 아들을 만나고 매우 기뻐하던 그녀의 모습이 떠오른다.

체험을 통해 다시 읽기

미들섹스 스쿨을 육 개월 정도 다니다 어찌되든 대학 시험은 보기로 했다. 시험 과목은 영어(실제로는 영문학에 가까운 난관이었다)와 근대서양사 두 과목으로 정했다. 미국사에 관해서는 슐레진저 교수가 세 권을 추천해주었다. 그가 직접 쓴 『미국사회 정신사Paths of American Thought』, 그의 스승인 찰스 비어드의 대작 『미국 문명의 흥기The Rise of American Civilization』, 그리고 최근에 많이들 읽는 제임스 트러슬로 애덤스의 『미국이라는 서사시The Epic of America』였다. 거기에 미들섹스 스쿨에서 교과서로 쓰이는 머지의 『미국사』와 칼 베커의 『근대유럽사History of Modern Europe』를 추가하니 한 과목을 준비하는 데 다섯 권을 읽어야 했다. 다섯 권 모두 일본 책으로 치면 천 페이지를 넘는 대작이다. 칼 베커의 책은 입시 교과서로 읽어도 재미있었다.

이 책들에서 읽었던 주장은 그로부터 이십육 년 후, 이십육 년 후로부터 또 삼십오 년 후, 이렇게 두 번에 걸쳐 내 인생의 경험을 통해 전복되었다. 첫 번째는 일본에서 벌인 베트남전쟁 반대운동을 통해 미군의 파병 거부 병사들을 도운 이십육 년 후의 일이다.

그때 '베트남에 평화를! 시민연합'의 대표 오다 마코토는 미국으로 건너가 미국인 두 명의 방일을 추진하고 돌아왔다. 한 명은 백인, 또 한 명은 흑인이었는데 두 명 모두 학생비폭력조정위원회SNCC의 간부였다.

그들이 벌인 운동의 역사를 읽으며 나는 1939년 미들섹스 스쿨에서 읽은 책 내용이 사실이 아니라는 것을 알게 되었다. 책에는 흑인들이 1865년 남북전쟁을 끝으로 선거권을 부여받았다고 적혀 있었지만 그렇지 않았던 것이다. 물론 법적으로 미국에 사는 백인과 똑같은 선거의 권리가 주어지기는 했다. 그러나 그것을 똑같이 행사할 수 없었다. 특히 남부에서는 투표소에 가려는 흑인들이 KKK와 같은 백인 우월주의 단체의 방해를 받아야 했으며 그래도 뿌리치고 투표에 참여하려던 흑인들이 그들에 의해 교수형에 처해지기도 했다.

그런 현실을 집단 행동으로 돌파했던 것이 버스 안에서 백인과 흑인의 좌석을 구분하던 관례에 반대하고 나선 프리덤 라이더스 운동이었다. 학생비폭력조정위원회는 그 흐름 위에 있었다. 오다 마코토는 위원회 소속 두 명을 초청해 홋카이도에서 오키나와까지 일본을 종단하는 티치인teach-in토론 집회을 개최했다. 백인은 하워드 진, 흑인은 랠프 페더스톤이었다. 페더스톤은 오키나와 티치인에서 그곳에 모인 사람들의 반응을 보며 일본은 오키나와와 오키나와 이외의 지역으로 분단되어 있는 것 같다고 했다.

티치인이 교토에서 개최된 날 하워드 진은 단노호린지檀王法林寺에 묵고 페더스톤은 우리 집에 묵었다. 미국에 돌아간 후 그는 자신의 자동차 폭파 테러로 살해당했다. 1970년 3월 9일이었다.

미국에서 공부한 내용을 수정해야 했던 또 다른 사건에 대해서는 뒤에 소개하기로 한다.

바위 위의 헌법

    유럽을 여행하던 중에 갑자기 마음이 동해 아이슬란드로 향했다. 점심 식사 때 같은 테이블에 앉은 초로의 영국인이 자신도 비슷한 이유로 와봤다고 했다. 그는 안암 전문가였는데 학회가 있어 근처 유럽을 찾았다가 계획에 없던 아이슬란드를 찾았다는 것이다.

    또 하나 기억에 남는 건 다음 날 점심 식사를 한 작은 식당이다. 열 서너 살쯤의 소녀가 가게에 앉아 있었다. 그녀 말고는 아무도 없다고 했다. 내가 아이슬란드어를 모르니 대화도 불가능했다. 그러자 소녀는 안으로 들어가서 커다란 생선을 가지고 나왔다. 아내와 아들과 함께 그 생선구이를 먹고 숙소로 돌아왔다.

    돌아오는 도중에 어떤 건물 안에서 사장으로 보이는 여성과 젊은 남자 사원이 회의를 하는 모습이 보였다. 인구가 삼십만 명밖에 되지 않아 인력이 부족한 아이슬란드에서는 여성이 사장이나 대통령이 되는 일도 특별하지 않다. 수상 관저도 그냥 일반 주택이고 화산 폭발 같은 일이 일어나면 수상이 직접 출동해서 상황을 파악한다. 섬 전체에 피해가 가게 될 경우에는 인구 전체가 덴마크로 피

255

난하도록 되어 있다.

생선은 그곳의 주된 식량인데 영국과 대구전쟁을 벌였을 정도다. 게이시르라고 하는 간헐천이 발견되어 지하 온수를 이용한 온실 채소 재배가 가능해져서 토마토가 처음으로 수확되었을 때는 그 역사적 사건을 기념한 우표가 발행되기도 했다. 큰 나무 대신 키 작은 나무들이 드물게 서 있고 백야에는 인류사의 마지막인 것만 같은 신비롭고 고요한 풍경이 펼쳐진다.

과거에는 그곳에 인간이 살지 못했다. 정치적인 이유로 노르웨이에서 쫓겨난 소수파가 살기 시작했고 그들이 서로 반목하면서 일본의 '겐페이 전쟁'헤이안 시대에 육 년에 걸쳐 일어난 내란처럼 서사시를 남겼다. 『아이슬란드 사가』가 바로 그것이다. 힘 있는 부족들이 전쟁을 벌인 끝에 협정이 성사되자 해가 긴 여름에 싱벨리르라는 바위 협곡 위에서 대회의를 열었다. 그들은 헌법을 제창하고 한 조항씩 승인하면서 아이슬란드 공화국을 건설했다. 그들이 자신의 나라를 세운 것은 930년이다.

칠십 년 전에 내가 미들섹스 스쿨에서 읽은 근대사에

256

는 그런 것들이 쓰여 있지 않았다.

　백인 건국의 이야기는 영국의 압제 정치를 피해 신대륙 미국으로 향한 신교도들이 배 위에서 이상적인 사회를 꿈꾸며 약속한 '메이플라워 서약'에서부터 시작된다. 그리고 1776년 7월 4일 미국 필라델피아에서 열린 대륙회의에서 승인된 토머스 제퍼슨의 독립선언을 거쳐 미국 헌법 제정으로 이어진다. 아이슬란드의 헌법 제정은 그보다 팔백 년이나 앞선 일이다. 아이슬란드는 그후 식민 지배를 받았으나 1944년에 완전한 독립을 이뤄냈다.

공자가 말하길

중국계 이민자는 미국의 모든 대도시에서 차이나타운을 만들어 중국요리 전문점을 운영한다. 영어가 뛰어난 중국인도 많지만 대부분 영문법에는 그리 익숙하지 않다. 그중에서도 삼인칭 단수 현재형의 사용에 특히 약하다. 그것을 빗대 『논어』를 인용해 'Confucius say'(공자가 말하길)라는 우스꽝스러운 영어 칼럼이 대중지에 등장했을 정도다. 'Confucius wife say my husband drink too much'(공자 부인이 말하길 내 남편은 술을 너무 많이 마셔요) 같은 유머가 만들어지기도 했다.

대학 때 학교 주변을 산책하는데 처음 보는 초로의 남자가 다가와 크리스마스에 약속이 있느냐고 물었다. 없다고 하자 그럼 코네티컷에 있는 자기 집에 며칠 놀러 오라며 데리러 오겠단다. 그는 사립 초등학교 교장이었는데 학교는 크리스마스 방학 때문에 문을 닫은 때였다. 그는 내게 식사를 대접하고 자신이 초대받은 근처 파티에도 나를 데리고 갔다.

그가 나를 초대한 이유는 이랬다. 철학을 공부하는 게 취미인데 세계 4대 철학자라고 불리는 사람들 중에 공자가 플라톤이나 아리스토텔레스와 견줄 만한 철학자인지 이해가 잘 가지 않아 나의 견해를 듣고 싶다는 것이다. 그때 나는 하버드대학 철학과에 막 입학해서 마침 플라톤과 아리스토텔레스를 매일 읽으며 지내던 참이었다. 물론 그때는 그의 질문에 제대로 답하지 못했다.

여든여섯 살이 된 지금은 할 수 있다. 그 질문에 '당신은 몽테뉴를 아십니까?'라는 질문으로 답하는 방법이다.

만약에 그가 몽테뉴마저도 서양철학사에서 그다지 중요한 존재가 아니라고 말한다면 거기서 대화를 끝내면 된다. 그가 다른 답을 내놓으면 거기서부터 새로운 대화가 시작될 것이고, 그 대화의 과정 자체가 서양철학사를 다시 읽는 길로 그를 이끌게 될 것이다.

작년에 아내 쪽 조카인 물리학자 요코야마 준이치가 새로 쓴 우주의 기원에 관한 책을 받았다. 마지막까지 읽었지만 소학교 수준의 과학밖에 모르는 내가 이 책을 온전한 물리학으로 이해했을 리 없다. 이 책에 따르면 물리학적 추리를 통해 조지 가모프가 말한 빅뱅에서 우주가 시작되었다는 믿음에 현재 의문이 제기되었고 오히려 어떤 존재로부터 우주가 시작되었을 가능성에 대한 논의가 진행되고 있다고 한다.

내가 이 책을 끝까지 읽을 수 있었던 것은 어린 시절에 읽은 장자와 노자, 사마천의 사상이 내 안에서 받침대로 작동했기 때문이다. 거기에 더해 정신의학자 나카이 히사오가 이와나미쇼텐의 『도서圖書』에 연재한 '사람들은 어떻게 소설을 읽을 수 있게 되었는가'에 관한 칼럼도 큰 도움이 되었다. 나카이에 따르면 메이지 시대 이후 일본인이 서양의 소설을 읽을 수 있었던 것은 '건성으로 읽었기 때문'이다.

멕시코에서 미국을 바라보다

소학교 일학년 때부터 친구로 지낸 나가이 미치오에게 는 여러모로 신세를 졌다. 그중 하나가 멕시코 방문이다. 그때 나는 처음으로 미국 바깥에서 미국을 볼 수 있는 기 회를 가졌다.

멕시코를 잘 모르니 처음에는 일본 여행사를 통해 멕 시코시에 있는 호텔을 예약했다. 나름대로 유명한 호텔이 었는데 종업원의 태도가 불친절하다 못해 적의마저 느껴 질 정도였다. 결국 내가 강의하는 대학에서 새로 추천해 준 학교 근처 호텔로 옮겨야 했다.

그 이유는 일 년 가까이 머물면서 알게 되었다. 그곳 사 람들은 서툴더라도 스페인어로 말하면 친절하게 대해주 지만 편하다고 영어를 쓰면 심지어 속여먹는 일도 비일비 재했다.

그러던 중 나와 친한 가미시바이^{종이 연극} 작가 가타 고지 가 멕시코를 방문했다. 함께 바이올리니스트 구로누마 유 리코가 사는 중부 에후틀라에 놀러 갔다. 하루는 장이 섰 다고 해서 나섰는데 가타 고지가 난처한 표정으로 나를 불렀다. "손가락으로 가격을 물어보려는데 세 개를 보여줘도, 네 개, 다섯 개를 내밀어도 아니래. 어떻게 해야 하는 거야?" 내가 스페인어로 물어보니 '운 페소', 즉 일 페소란 다. 그가 사려고 했던 것은 테라코타 항아리였는데 일본 엔화로 환산하면 이십오 엔이었다.

그곳은 산속이어서 시장은 서로의 산물을 교환하기 위한 목적으로만 들어섰다. 목적 자체가 실용적이니 흥정도 없다. 멕시코인이 바가지를 씌운다는 이야기는 미국인 관광객이 멕시코시티 같은 대도시에서 멕시코인에게 영어로 말을 걸었다가 된통 당했던 것에서 비롯된 소문일 뿐이다.

거슬러 올라가면 16세기 에르난 코르테스가 이끄는 스페인군이 아스테카 왕을 찾아 성대한 환대를 받고는 돌아서서 멕시코인을 대량 학살한 일에서부터 시작된다.

페루에서도 비슷한 일이 일어났다. 프란시스코 피사로가 벌인 학살이 그것이다. 미국의 역사가 윌리엄 프레스콧은 이에 분개해 『페루 정복사History of the Conquest of Peru』라는 책을 쓴 바 있다.

프레스콧처럼 미국인 중에도 공정한 사람이 없었던 것

은 아니다. 미국은 이웃 나라 멕시코의 약점을 끈질기게 파고들어 결국 국토의 절반에 가까운 토지를 빼앗았다. 1846년에 철학자 헨리 데이비드 소로는 이에 항의하는 의미로 이듬해의 인두세 납부를 거부하며 투옥되기도 했다. 스승인 랠프 월도 에머슨이 감옥으로 찾아가 "이런 곳에 있는 게 부끄럽지 않느냐"고 묻자 소로는 "당신은 바깥에 있는 게 부끄럽지 않느냐"고 되물었다고 한다.

고대 왕국

아이에게 소리 내어 책을 읽어주는 행위는 인생을 한 번 더 사는 것과 같다.

몇 년 동안 『달려라 이랴 이랴!はしれきしゃきしゃ』로 시작해서 미즈키 시게루의 만화 『갓파 산페이』를 마지막 4권까지 읽고 또 읽었다. 그사이에 나는 내 자신의 인생 입구에 다시 서 있는 것 같은 느낌을 받았다.

아이가 잠들 때까지 몇 번이나 반복해서 읽다 보면 아이는 어느새 그걸 모두 외워버린다. 하루는 보육원에 데리러 갔더니 아이가 내려오질 않는다. 방에 올라가보니 세 살짜리 아이가 둘 남아 있는데 우리 아이가 다른 아이에게 그림책을 읽어주고 있었다. 둘 다 글자를 읽지 못하니 아들은 그림을 보고 떠오르는 내용을 즉흥적으로 읽고 다른 편 아이는 그것을 참을성 있게 듣고 있었다.

또 하루는 수필가 오카베 이쓰코 씨가 우리 아이를 데려가 하룻밤 재우고 싶다고 했다. 아이는 흔쾌히 『갓파 산페이』를 들고 가 그녀에게 그 책을 읽어주었다. 책을 다 외우고 있어서 그림에 맞춰서 읽은 모양이었다.

『갓파 산페이』에는 신과 동물과 인간의 특별한 관계가

등장한다.

주인공 산페이는 아버지의 행방을 모른 채 할아버지 손에 자란 아이다. 어느 날 사신이 할아버지를 데리러 온다. 그것을 알아챈 소학생 산페이는 꾀를 내어 사신을 헛간에 가둔다. 사신은 배가 고파 두더지를 잡아먹었다가 배탈이 나 똥을 싸는데 하필 할아버지는 집에 늦게 돌아온 벌로 산페이를 묶어 고약한 냄새가 나는 헛간에 넣어버린다. 헛간 안에서 산페이가 투덜거리길 "이런 곳에 하루 종일 있다간 코가 떨어져 나가겠네. 내 코가 떨어져버리면 다 네 탓이야"라고 말한다. 할아버지가 산페이를 용서해주려고 헛간에서 나오게 하자 사신도 따라 나와 할아버지를 데리고 가버린다. 혼자 남은 산페이는 그 집에 찾아온 갓파^{전설 속 동물}와 함께 지낸다. 나중에는 어머니가 돌아오게 되고 둘은 하루씩 번갈아 가며 학교에 다닌다.

이후로도 재미있는 이야기가 이어진다. 일부러 이 부분을 소개한 이유는 멕시코에서 팔렝케 유적지에 있는 피라미드에 들어가 지하로 깊이 들어갔을 때 이전에도 와본 적이 있는 것 같은 느낌을 받았기 때문이다. 그것은 물 밑에 있는 갓파 왕국의 풍경이었다.

고대 세계는 지구 여러 곳에서 각각 독자적으로, 그러면서도 공통점을 가진 생활 풍경을 가지고 있었을 것이다. 미즈키 시게루는 태어나 자란 돗토리현 사카이미나토에서, 또 전쟁 때 보내진 태평양 라바울섬에서 그 공통의 생활 풍경을 경험했다. 전쟁에서 살아남아 전후 십여 년간 종이 연극 작가로 생활하면서 그는 자신이 경험했던 국경 없는 세상으로 돌아갔다.

대화를 나누는 장소

친하게 지내던 사람들 대부분이 세상을 떴다. 만나는 사람 없이 집에 틀어박혀 지내다 보면 내가 고대 기독교 신학에 나오는 림보에 앉아 있는 것 같을 때가 있다.

기독교 신자가 되지 않으면 지옥에 떨어진다는 가르침에 사람들은 "그럼 기독교가 생기기 이전에 살았던 사람은 어떻게 되는 겁니까?"라고 물었다. 이 질문에 기독교 선교사들은 매우 곤란했을 것이다. "그런 시대에도 올바르게 산 사람이 있었을 텐데요"라고 말이 이어졌을 것이 분명하다. 거기서 생각해낸 것이 림보라는 장소다. 기독교 교도로서 유아 세례를 받기 전에 죽은 아이들도 림보에 들어간다고 한다.

시간이 흘러 중세 말기가 되었을 때 파라켈수스는 다른 모순을 지적했다. 기독교를 문자대로만 믿는 사람은 천국에 들어가지 못한다. 왜냐하면 어떤 사람이 선한 행위를 하면 그로 인해 그 사람이 천국에 갈 확률은 높아지는데 그렇게 되면 선행하는 것이 천국에 가기 위한 공리적인 행위와 구별할 수 없는 것이 되어버리기 때문이다. 의식을 지나지 않는 우연한 선행만이 그 사람을 천국으로 이끄는 길이라는 것이다. 파라켈수스가 림보를 언급한 적은 없지만 기독교와 만난 적이 있는 사람들에게 림보는 사람과 사람이 만나는 커다란 장소를 제공한다.

내게도 지금까지 봐온 사람들과 다시 만날 수 있는 장소가 있었으면 좋겠다. 그것은 마루야마 마사오가 말하는 '문어 항아리タコツボ'와 유사한 것이지만 나는 그와는 달리 부정적으로만 보지는 않는다마루야마는 '문어 항아리'라는 표현을 통해 자신의 항아리에만 모여 사는 일본 사회를 비판적으로 설명했다.

죽은 가와이 하야오와도 다시 만나 이야기를 듣고 싶다.

언젠가 그가 북미 대륙의 어느 절벽에서 인디언 보호 구역에 사는 원주민 장로의 피리에 맞춰 플루트를 연주하는 것을 텔레비전으로 본 적이 있다. 그것은 언어를 넘어선 대화였다.

가와이는 문화청 장관을 지내면서도 그때의 느낌을 마음속에 담고 있었을 것이다. 그는 정부 고위직이 된 후로도 스스로 붙인 '구라쟁이 클럽 회장'이라는 칭호를 떼지 않았다. 그는 다른 문화와의 다양한 관계 속에서 일본 문화를 보존하고자 한 사람이었다.

　지금 북미 인디언 보호 구역에 사는 사람들은 아프리카에서 유럽, 아시아를 거쳐 미 대륙으로 건너온 이들이다. 도중에 갈라져 나와 일본에 정착한 사람들도 있었을 것이다. 미국에는 그런 믿음으로 살고 있는 사람들이 있다.

국가군으로 이루어진 세계에서

캐나다 동부 맥길대학에서 수업하던 1981년에 한 학생이 찾아와 인디언 보호 구역에 가보자고 했다. 그는 인디언 보호 구역에서 장학금을 받아 맥길대학 법학부를 다니는 백인이었다.

12월 9일, 영하 이십 도의 추위 속에서 파누프라는 이름의 이 학생이 운전하는 볼보를 타고 '파이브 포인트' 보호 구역으로 향했다. 도착하니 족장 프랜시스 로렌스 씨가 참모 두 명을 대동하고 나와주었다. 참모 중 한 명은 벤저민 프랭클린, 다른 한 명은 나폴레옹 보나파르트라고 했다. 농담이 아니라 실제로 그들 일족은 이 두 사람이 가진 역사적 인물의 이름에 존경심을 가지고 있다고 했다.

캐나다와 미국에서 보면 '보호 구역'이지만 그들은 그곳을 자신의 국가라고 생각했고, 언젠가는 캐나다, 미국이라는 국가와 동등한 지위를 가지고 싶다고 했다. 장학금 제도를 만들어 캐나다 대학에서 법률을 공부하도록 하는 것도 그래서였다. 원래 권투선수였던 그는 장로 여성들의 눈에 들어 족장으로 선택되었다고 했다.

그들에 따르면 미국의 역사적 인물인 프랭클린은 모

호크족 정치제도에 관심이 컸고, 미국 공사로 부임한 프랑스에 그것을 소개해서 프랑스 대혁명이 일어나는 데 기여했다고 한다. 이는 보호 구역에서 가르치고 믿는 전설이었다.

나는 캐나다 체류 중에 또 다른 경우를 알게 되었다. 아내가 학생 때 미국에서 알게 된 친구 중에 자살학자 후세 도요마사가 있다. 원래는 미국 대학에서 가르쳤는데 베트남 전쟁에 반대하다 탄압을 받고 일가족이 캐나다 토론토에 정착했다. 나와 내 아들과도 오랜 기간에 걸친 친구다.

크리스마스 휴가 때 그의 집에 놀러 갔다 멀리서 찾아온 재일조선인 출신 김 선생을 만나게 되었다. 그는 교토 대학 출신으로 가족들과 함께 캐나다로 이주한 사람이었다. 눈이 안 좋아져 곧 실명하게 될 거라면서 일본어로 이야기가 하고 싶어 딸의 차를 타고 후세 씨의 집을 찾아왔다고 했다.

캐나다에서 그는 화물 운반을 하며 살았다. 그는 이주하기를 잘했다고 했다. 일본에 남았다면 평생 차별받았을 것이고 자신의 딸과 아들도 그 차별에서 벗어날 수 없었을 것이라고 했다. 딸은 최고 우등상을 받고 대학을 졸업했고 아들은 우수한 성적으로 고등학교를 다니고 있는데 그들은 앞으로도 차별받는 일 없이 지낼 수 있을 것이라 했다. 다만 자신은 가장 편한 말이 일본어여서 일본어로 인생에 대해 이야기하고 싶어 찾아왔다는 것이다.

세계는 국가로 나뉜 국가군으로 이루어져 있다. 그런 세계에 프랜시스 로렌스 족장과 김 선생이 살고 있다.

농락당한 사람

「이중피폭二重被爆」이라는 다큐멘터리를 보았다. 1945년 8월 6일 출장을 갔던 히로시마에서 원폭을 맞고 동료 세 명이서 집이 있는 나가사키까지 돌아온 이와나가 아키라 씨는 8월 9일에 두 번째 원폭을 맞았다. 그는 그때를 회상하며 "농락당하고 있는 것 같았다"고 했다.

야마가타 다큐멘터리 영화제에 가던 중에 도쿄에 들러 미국의 영화 평론가 마커스 노네스와 함께 원폭에 관한 최초의 필름을 볼 기회가 있었다. 히로시마에 원자폭탄을 떨어뜨린 직후에 미국 측이 그 효과를 측정하기 위해 만든 필름인데 히로시마 시가지 건축물들의 모습이 찍혀 있었다. 폭발이 어느 정도 높은 온도에서 일어났는가를 파악하기 위한 군사 용어가 반복해서 등장하는 등 일반 대중에게 보여주려고 만든 필름은 아니었다.

기록 영상이 끝나자 마치 잘라 붙인 것처럼 '우리는 이 폭탄이 평화를 위해 사용되기를 바라며 그렇게 믿고 있다'는 내레이션이 나왔다. 아마도 그것을 읽은 것은 점령군 간부였을 것이다. 앞뒤가 맞지 않는 모순적인 느낌이 아직도 마음에 남아 있다. 내레이션이 끝나니 기묘한 음악이 흘러나왔다. 리하르트 슈트라우스의 「자라투스트라는 이렇게 말했다」였다. 마커스 노네스의 해설에 의하면 점령군 제작 담당자가 NHK 방송국을 찾아가 거기에 있던 교향악 레코드 중에서 이 곡을 선택했다고 한다.

그해 야마가타 다큐멘터리 영화제는 일본과 미국의 작품을 한자리에서 보는 기획으로 꾸며졌다. 마커스 노네스는 영화감독 가메이 후미오가 만든 「싸우는 군대戰ふ兵隊」와 「상해上海」가 미국 작품들보다 훨씬 뛰어나다고 칭찬했다. 실제로 「싸우는 군대」는 전쟁의 피로에 절어 있는 일본 병사의 표정을, 「상해」는 이리저리 도망치는 중국 노인 여성의 표정 하나하나를 잘 포착한 작품이었다.

패전 후의 세월 동안 나는 전쟁에 관한 일본과 미국 양쪽의 기록을 읽으며 미국이 일본에 원폭을 투하한 사정을 알고자 했다. 제1차 세계대전에 관한 리델 하트의 글에 감명받기도 했고, 제2차 세계대전사를 읽으며 트루먼 대통령 직속 참모총장 윌리엄 레이히 해군대장이 원폭 투하에 반대했다는 기록을 알게 되기도 했다. 하버드 페이스의 저서는 당시 미국 대통령이 연합 함대도 없고 무기 공장의 피해로 볼 때 무기 보충도 불가능했던 전쟁 말기 일본의 상황을 파악하고 있었다고 밝혔다.

또한 찰스 퍼시 스노의 명저 『과학과 정부Science and Government』를 통해 영국 정부에 대한 과학자들의 조언이 얼마나 비과학적이었는지를 알게 되었다. 그의 소설 『새로운 인간The New Men』에는 죽음을 앞둔 영국인 과학자가 나가사키에 두 번째 원폭이 떨어졌다는 사실을 알고 분노를 터뜨리는 장면이 나온다.

"농락당하고 있는 것 같았다"는 이와나가 아키라 씨의 말은, 보유하고 있던 원자폭탄이 두 개여서 두 발을 떨어뜨렸던 당시 미국의 상황을 직감적으로 꿰뚫고 있는 듯하다. 그것은 과학이 국가와 결합하여 인간을 농락하는 시대의 서막이기도 했다.

다 쓰지 못한 말

1

2008년 11월 버락 오바마가 미국 대통령에 당선되었다. 미국인 수십만 명이 오바마에게 몰려드는데 한 명 한 명의 볼에 눈물이 흐르는 것이 텔레비전 화면에 비친다. 텔레비전을 보고 있는 나도 그 수십만 명 중 하나였다. 내 안에는 미국이 있다. 그것을 감추고 싶지는 않다.

미일전쟁 이후 육십사 년간 나는 한 번도 미국 영토에 발을 들여놓지 않았다. 그것을 마음 깊숙이 지탱해준 것은 미국에 대한 나의 유대감이었다.

2

미국은 젊은 나라여서 아직 뛰어난 역사가는 나오지 않았지만 프랜시스 매시슨의 『미국의 르네상스』는 감명 깊게 읽었다. 1851년부터 1855년까지 불과 다섯 해 동안 랠프 월도 에머슨, 헨리 데이비드 소로, 너새니얼 호손, 허먼 멜빌, 월트 휘트먼 등의 작품 같은 유럽 사조에서 벗어난 미국의 독자적인 문학이 나온 과정에 대한 기록이다.

매시슨은 휘트먼의 작품을 제외하면 모두 인구 삼천 명의 콩코드 마을 근처에서 발현했다는 것에 주목했다. 내가 미국을 떠나기 직전인 1941년판 책이었다.

콩코드는 내가 영어를 배운 미들섹스 스쿨이 있는 곳이다. 주말에는 마을까지 삼십 분 걸려 걸어가곤 했다. 에머슨과 호손의 생가 모습이 지금도 생생히 기억난다.

매시슨은 하버드대학 영문과 교수였는데 중국을 지원하기 위해 존 리드의 공개강좌를 연 사람 중 하나였다. 전후 매카시즘의 광풍 속에서 동성애자라는 공격을 받고 자살했다. 스탈린주의와는 관계없는 경제학자 폴 스위지가 공동 편집자로 참여한 좌파 월간지 『먼슬리 리뷰』는 그의 기부로 발행되었다.

역사가의 기록은 학술적으로 뛰어난 것만으로는 충분치 않다. 독자에게 열정을 느끼게 하지 못하면 위대한 작품이라 할 수 없다. 사마천의 『사기』가 그런 역사책이다. 그 정도는 아니더라도 매시슨의 『미국의 르네상스』 역시 위대한 작품이다. 처음 읽은 지 칠십여 년이 지난 지금의 감상이다.

내가 지금 사는 교토의 이와쿠라에는 단가 잡지 『탑塔』의 출판사가 있다. 그 회원 중 한 명인 구리키 교코가 만든 단가를 통해 나는 '미국에 전후가 있는가'라는 질문과 만났다.

일본 문학에는 전후가 있었다. 미국에도 있는가.

1917년 미국이 세계 전쟁에 발을 들여놓았을 때 대학을 졸업하고 병사 신분으로 전쟁을 경험한 사람 중 몇몇은 본의 아니게 처음으로 미국 밖의 세계와 마주해야 했다. 에드워드 에스틀린 커밍스의 『거대한 방The Enormous Room』, 존 더스패서스의 『U.S.A.』, 어니스트 헤밍웨이의 『무기여 잘 있거라』는 미국 문학에 새로운 세계를 선보였다. 전후 미국에 이 작품들과 어깨를 나란히 할 작품은 없다. 세계를 이끄는 주역이 된 미국은 이제 이끌리는 쪽에서 세계를 바라보는 힘을 가지지 못한다.

오오카 쇼헤이는 소설 『포로기』를 쓴 후 전쟁을 기록하는 연작을 쓰다가 자신이 지역 사람들의 입장에서 전쟁을 보지 않았다는 것을 깨닫고 최소한 문헌 목록이라도 정리해야겠다며 『레이테 전기』를 썼다. 그는 이 책에서 조

279

금이라도 가치가 있는 것은 문헌 목록일 것이라는 후기를 남겼다. 일찍이 중국 본토를 전장으로 만든 러일전쟁 때 부르기 시작한 "뜰에 선 한 그루 대추나무 / 총알 자국도 뚜렷하네 / 무너져 내리는 민가에 / 눈 부릅떠 노려보는 두 장군"이라는 소학창가에는 전장이 된 '땅'에 대한 언급이 거의 없다. 이와 달리 오오카는 세계대전 이후 필리핀 사람들에게 남겨진 물소의 감소량(그 원인을 제공한 것은 일본군과 미국군 모두였다) 통계를 『레이테 전기』에 남겼다. 나는 그 안에 담긴 반세기에 걸친 일본 문학의 변화야말로 매우 소중한 것이라고 생각한다. 일본 국회에서 나는 그런 변화를 본 적이 없다.

3

대학 때 수강했던 강의 목록을 다시 읽어봤다. 낙제할 것 같은 과목은 피했었는데 수강한 과목 중에 칼 프리드릭의 정치학이 기억에 남아 있다. 그는 책은 사서 봐야 한다고 했다. 직접 산 책에 밑줄을 긋고 감상을 적어야만 비로소 그 책이 자기 것이 된다는 것이다.

그러나 정작 그의 대표작 『알투지우스』는 너무 크고 무거워서 서점에서 구입하지 못하고 도서관에서 빌려 그 자리에서 읽어야 했다. 그는 군민공치론을 통해 유럽의 고대와 중세의 절대군주제에 반론을 제기한 사람이다.

프리드릭은 요하네스 알투지우스가 당시 미국에서 유행하던 월터 리프먼과 막스 러너보다 뛰어난 통찰력을 가졌다고 평가했다. 그리고 민주주의를 지탱하는 축이 무엇인지에 대한 논의를 발전시켜 '보통 사람들common men'을 그 중요한 축으로 제시했다. 보통 사람들도 틀릴 때가 있다. 그러나 긴 세월 동안 지속되는 상태 속에서 보면 틀리지 않는다. 1939년의 그때, 독일에서 태어나 나치의 지배를 피해 미국으로 건너와 하버드대학에서 강의하고 있던 그가 이 말을 했을 때 그 굳은 확신이 전해졌다. 그 확신은 나에게 뿌리내려 지금도 내 안에 있다.

1945년 8월 미국 대통령은 고도 항공 촬영을 통해 일본이 이미 전투력을 상실했다는 것을 파악한 상태에서 참모총장의 반대를 무릅쓰고 보유하고 있던 두 발의 원자폭탄을 일본에 떨어뜨렸다.

그 일에 대해 일본의 보통 사람들과 미국의 보통 사람들은 어떤 대화를 나눠왔는가.

텔레비전을 보니 실제로 그 폭탄을 떨어뜨린 미국인 남성은 '진주만 습격'이라는 말로 정당화하고 있는 듯했다.

일본인은 어떤가.

「이중피폭」이라는 다큐멘터리를 보면 히로시마에서 원폭을 맞고 그후 고향 나가사키에서 두 번째 원폭을 맞았던 이와나가 아키라가 육십 년 전의 일을 돌아보며 "농락당하고 있는 것 같았다"고 했다.

지금의 미국 대통령 버락 오바마는 뭐라고 할까.

4

1939년의 일이다. 당시 일본 해군기관학교에는 수석 졸업자를 미국 매사추세츠공과대학으로 유학 보내는 관례가 있었다. 그해에 수석 졸업한 해군소좌가 케임브리지에 와서 하숙했고 그 옆방에는 도쿄대학 법학부를 수석 졸업한 외무성 재외연구원이 살게 되었다. 소좌는 매일 저녁 식사 자리에서 영어가 미숙한 울분을 토로하면서 미국인은 모두 멍청하다며 큰 소리로 떠들곤 했다. 함께 술을 마시던 외무성 재외연구원은 공부할 시간이 충분치 않아 고민이 많아 보였다. 그러던 중 내가 살던 찰스 영 집에서 열린 티타임에 초대된 그는 영 부인에게 자신도 이 집에 살고 싶으니 더 큰 아파트로 옮겨줄 수 없겠느냐고 청했고, 영 씨 일가가 다른 아파트로 옮기면서 내 옆방을 쓰게 되었다. 그는 전후 일본의 주미 대사를 지낸 도고 후미히코다.

당시 스물네 살이던 그는 나보다 일곱 살이 많았다. 하버드대학 대학원생으로 리타우어 센터에서 조지프 슘페터, 바실리 레온티예프의 강의를 들으며 매일 그토록 원하던 공부를 실컷 했다. 술을 좋아하는 습관은 여전해서 그날의 공부를 마치면 올드파 병을 들고 내 방에 찾아와 혼자 술을 마시고는 내일은 몇 시에 깨워달라는 말을 남기고 돌아갔다. 내게는 그 경험이 일생 동안 주당들과 노는 방식의 정형이 되었다. 쓰루 시게토, 다다 미치타로, 야

283

스다 다케시 등과도 그랬다. 상대방이 혼자서 술을 마시고 나는 술을 입에 대지 않고 이야기를 나눴다. 그 사람들은 내 생애에서 가장 친한 친구들이었다.

영 일가가 차남 찰스를 남기고 워싱턴으로 이사를 하자 도고는 함께 자취 생활을 하자고 했다. 하지만 나는 이미 학기가 시작되기 전에 일주일에 칠 달러짜리 싸구려 다락방을 빌리기로 되어 있었다. 한번 정한 약속을 깰 수는 없어서 그와의 자취는 포기할 수밖에 없었다.

그때 만약 그와 자취 생활을 했다면 외젠 이오네스코의 『대머리 여가수』 같은 부조리극이 탄생했을지도 모른다. 나 같은 성격의 사람에게 공동 자취가 쉬웠을 리 없으니 말이다.

도고와 나 사이에는 낭만적인 추억이 많다. 콩코드 근처에 있는 월든 호수에 헨리 데이비드 소로가 홀로 살았던 폐가 앞에서 함께 찍은 사진이 어디 있을 것이다.

주당이던 도고가 월급을 술값으로 다 써버려 내 예치금(대학 졸업까지의 학비)을 빌려주고 그의 포드 자동차를 내게 양도한다는 문서를 쓴 적도 있다. 그가 운전하는 내

차를 타고 내 여동생이 다니는 배서대학까지 밤새 드라이브를 하기도 했다. 거기서 도고는 한 헝가리 여성과 가까워졌는데 그녀는 미일전쟁 중에 도고를 찾아 하버드대학으로 찾아올 정도로 그 관계에 진지했다.

그후 미일 교환선으로 일본에 돌아간 도고는 승진을 거듭해 외무심의관과 외무차관을 거쳐 주미 대사가 되었다. 수십 년 후 그가 내 아들을 통해 만나자는 연락을 주었다. 오랜 기간 관계가 소원해진 동안에도 그에 대한 그리움은 남아 있었다. 만나러 가겠다고 답장했으나 얼마 지나지 않아 신문에서 그의 부고를 보았다.

장례식장에 갔다. 내가 들어가자마자 문이 닫혔다. 조사를 낭독하는 사람들이 "도고 선생과의 인연은 몇 년밖에 되지 않습니다만……"이라는 말을 반복했다. 출세한다는 게 이런 것이구나 싶었다. 얼마 후 아오야마 묘지를 찾아 그가 묻힌 묘 앞에서 나만의 인사를 나누고 돌아왔다.

5

하숙집 영 일가와의 인연은 그 이후로도 계속되었다. 장남인 케네스 영은 미국 국무성 일본과장, 극동국장, 타이 대사를 지냈고 케네디 대통령 암살 후에는 기업 임원이 되어 미국과 국교를 단절했던 중국과의 교섭을 촉구하는 책을 쓰기도 했다.

미일전쟁이 끝나고 수년 후 나는 거처를 도쿄에서 교토로 옮겼다. 점령군에게서 전화번호를 구했는지 케네스 영이 하숙집으로 전화를 걸어왔다. 이타미 공항이라는 것이다. 어떻게 오사카에 왔느냐고 물으니 나를 만나러 왔다고 한다. 이미 오후 여덟 시가 넘은 시간이었다. 저녁은 먹었는지 물으니 아직이라고 했다. 문득 교토대학에서 구와바라 다케오가 했던 말이 기억났다. 기온에 가면 몇 시든 밥을 사 먹을 수 있다는 것이다. 이치리키테이교토의 유명한 노점 찻집가 옆의 옆에 있는 찻집에 들어가 미국에서 신세 졌던 미국인에게 대접을 좀 하고 싶은데 처음 온 손님도 받느냐고 물으니 괜찮다고 했다. 점령군이 접수한 교토호텔에서 케네스를 데리고 기온에서 저녁을 먹고 마이코의 춤과 '콘피라후네후네'라는 전통 놀이를 배우며 함께 시간을 보냈다.

물어보니 다음 날엔 가쓰라리큐17세기 황족의 별장에 간다고 했다. 기온과 마찬가지로 그때까지 내가 들어가본 적 없는 곳이었다. 나도 갈 수 있느냐고 하니 괜찮다고 했다. 다음 날 다시 교토호텔에 가서 택시를 타고 가쓰라리큐로 향했다. 그가 증명서 같은 것을 보여주니 문이 열렸다. 자세한 내용까지는 설명하지 않았으나 그는 미국 대표의 자격으로 한국에 갔다가 돌아가는 길이라고 했다.

정부 일을 그만두고 나서 몇 년 후 그는 다시 내가 사는 집을 찾아왔다.

요즘 무슨 일을 하느냐고 묻기에 베트남 전쟁에 반대하는 운동을 하고 있으며 특히 파병을 거부한 미국 병사를 돕는 일을 하고 있다고 대답했다. 그는 놀라지 않았고 당연한 일이지만 나를 고발하지도 않았다.

마지막으로 만났을 때 헤어지면서 내가 다음에 볼 땐 주중 대사가 되어 있는 거 아니냐고 하자 그는 "미국을 무시하는 너한테 그런 이야기를 들어도 하나도 기쁘지 않다"고 했다. 그와 나눈 마지막 대화다.

　도고와의 관계가 소원해졌던 것과는 달리 케네스 영과 오랫동안 관계를 이어갈 수 있었던 이유는 일본 사회에서는 신분이 관계의 근본에서 작동하기 때문이다. 그건 부인할 수 없는 사실이다. 미국화를 시작한 지 육십사 년도 넘은 일본이 지금도 여전히 그런 것이 안타깝다. 미국인과의 사이에서는 자신의 신분이 무엇이든 친구로서의 관계는 변하지 않는다. 미국 안에서는 어떨까. 관계의 형태는 지금도 그대로일까. 아니면 미국도 변했을까.

　　6

　미국에서 일본으로 돌아온 스무 살의 나는 곧바로 도쿄 아자부에 있는 재향군인회 모임에 불려갔다. 거기에는 나와 같이 막 스무 살이 된 근처 청년들이 모여 있었다. 어느 퇴역한 군조軍曹가 주도한 회합이었는데 모임이 시작되기 전에 흩어져 있던 옆 조 보충병들의 대화 소리가 들렸다.

"전쟁이란 게 의미 없이 서로 죽이는 거지. 그런 데 가고 싶지 않아."

"쉿, 조용히 해. 누가 듣겠다."

이런 '혼네'를 가진 사람들이 지금도 일본에 있을까.

이내 '집합!'이라는 구호에 이어 총이 쥐어졌고 바닥에 엎드리라는 명령이 내려졌다. 명령받은 대로 했더니 바로 발길질이 날아왔다. 눈을 양쪽 모두 뜨면 안 된다는 것이다. 일본에서 중학교 이학년까지 다닐 때 매주 군사교련이 있어서 바닥에 엎드려 총을 겨눌 때는 한쪽 눈을 감아야 한다고 배웠는데 육 년 사이에 까맣게 잊어버린 것이다.

이런 식으로 나는 일상의 동작에서부터 일본 국민으로 개조되어야 했다.

그때 들었던 보충병들의 대화는 지금도 잊히지 않는다. 내 마음속에서는 그런 일본의 보통 사람들과, 쾌속 봉쇄 돌파선에서 이야기를 나눴던 사환(6장 '나의 독일어')과 같은 독일의 보통 사람들이 끊임없이 가공의 대화를 나누며 살고 있다. 두 번의 원자폭탄을 맞은 이와나가 아키라가 남긴 말까지 함께 두면 가히 세상 보통 사람들의 공화국이다. 이는 국가의 명령에 무조건적인 충성을 바치는 것과는 전혀 다르다. 미국의 연방 경찰에 체포되었을 때 나의 심정은 그 가공의 공화국과 이어져 있었다. 그로부터 육십칠 년이 지나 지금도 내 안에 있는 무정부주의는 그런 것이다.

미일 교환선에 타겠느냐고 물었을 때 타겠다고 대답한 것은 일본 정부에 대한 충성심에서 비롯된 것이 아니었다. 더 근원적으로 다른 어떤 것이 내 안에 있었다. 그것은 국가에 대한 무조건적인 충성을 다짐하지 않고 살아가는 나를 일부러 국가 안에 두겠다는 바람이었다.

7

철학자 우치야마 다카시는 이렇게 물었다. 1950년대 이후로 일본인은 더 이상 여우에 홀리지 않게 되었는데, 그렇다면 일본은 진보한 것인가. 대륙에서 이 섬으로 불교가 전해진 후에 한참 지나 본지수적설本地垂迹說일본 전래의 신들을 부처와 연결시킨 사상이 생겨났고, 산천초목실개성불山川草木

悉皆成佛초목과 땅조차 불성을 가지며 성불할 수 있다는 신앙의 믿음이 마을의 신앙이 되었다. 그는 여우가 그 일부라고 했다. 이 여우에게 홀리지 않게 된 것은 이전까지의 신앙이 사라졌음을 의미한다는 것이다. 인상적인 말이다.

우치야마는 『도서』 2009년 6월 호에 실린 「좌절과 위기 속에서挫折と危機のなかで」라는 칼럼에서 이렇게 썼다.

역사가 없는 나라, 정확하게는 선주민의 역사를 말살하고 생겨난 개척민의 나라 미국에서는 '대박의 즐거움'을 방해할 수 있는 것은 아무것도 없다. 토크빌식으로 말하자면 자신의 부를 늘리고 지위를 향상시키는 것만이 인간의 사명이라는 정신이 사회를 지배하고 있는 것이다. 그리고 그 미국이 세계의 경제, 정치, 군사의 중심에 군림했을 때 깊은 곳에서 전통적인 것들과 연결되어 있는 다양한 사회의 저항 정신이 그러한 힘을 약화시켰다.

미국 대통령 오바마는 부와 권력만을 쫓는 자신의 나라에 브레이크를 걸 수 있을 것인가. 프랭클린 루스벨트

조차도 뉴딜 정책으로 미국을 안정시키기 위해 미일전쟁을 필요로 했었다. 오바마는 미국이 건국된 이후 한동안 그랬던 것처럼 '전쟁 없이 발전할 수 있는 나라'(데라지마 지쓰로의 표현이다)로 되돌릴 수 있을 것인가.

'베트남에 평화를! 시민연합'은 비폭력 저항운동이었다. 그러나 우리 안에는 베트콩에 대한 교감이 있었다. 돌아보면 베트콩은 미국 독립의 시금석이 된 콩코드 민병대의 싸움과 같은 성격을 가지고 있었다. 베트콩의 저항을 이끈 호치민이 1945년 9월 2일 베트남 독립선언에서 미국 독립선언문을 인용했던 것이 상징하듯, 베트남 전쟁은 미국이 미국과 싸워 패배한 전쟁이었다. 미국의 국민이 그것을 이해할 날은 언제인가.

후기

이 연재를 쓰고, 또 고칠 수 있게 해준 여러분의 도움으로 마침내 마칠 수 있었습니다.

다무라 다케시 씨, 쓰바키노 히로미 씨, 요코야마 사다코 씨, 그리고 『도서』의 편집장 도미타 다케코 씨께 감사의 말씀을 드립니다.

짧은 글이긴 하지만 칠 년 동안 연재를 이어온 것은 여든일곱 살의 저에게 처음 해보는 경험이었습니다.

2010년 2월 5일
쓰루미 슌스케

쓰루미 슌스케라는 명확함과 모호함

전후 일본을 대표하는 사상가 중 한 명인 쓰루미 슌스케를 논할 때 빼놓을 수 없는 것은 바로 '독자적인'이라는 수식어일 것이다. 일본 패전 직후부터 2015년에 타계할 때까지 70여 년간 그는 제도권 안팎의 다양한 분야를 횡단하며 수많은 공동 연구와 매체, 사회운동을 이끌었다. 마루야마 마사오, 다케우치 요시미, 오에 겐자부로 등 동시대 지식인들에 비해 그가 한국에 덜 알려져 있는 이유는 학계나 문단 등 하나의 제도권으로 묶을 수 없는 그의 이런 독자적인 위치 때문인 듯하다.

쓰루미는 1922년 도쿄 아자부구 산겐야정에서 태어났다. 대만총독부 민정장관과 남만주철도주식회사 초대 총재를 지낸 유력 관료이자 정치가, 의사인 고토 신페이가 외할아버지, 후생대신을 지낸 유명 정치가이자 저술가인 쓰루미 유스케가 아버지였으니 권력의 가장 핵심에 있는 가정에서 나고 자랐다고 할 수 있다. 그런 가정환경을 받아들이지 못한 그는 스스로 '불량소년'이라고 부를 정도로 반항적인 청소년기를 보내다 1937년에 도쿄부립제5중학교를 중퇴 후 미국으로 건너가 하버드대학 철학과에 입

학한다. 1939년, 열여섯의 나이였다. 1941년 태평양전쟁 발발 후 수감된 유치장에서 완성한 졸업논문으로 하버드대학 학위를 취득하고 일본으로 돌아와 자카르타 해군 무관부 군속으로 전쟁을 경험한 그는 패전 직후 마루야마 마사오 등 전쟁에 반대하는 입장을 견지한 지식인들과 함께 사상지 『사상의 과학思想の科學』을 창간한다. 이때가 1946년. 그의 본격적인 활동이 시작된 때다.

이 시기부터 제도권에 얽매이지 않는 그의 방향성은 이미 확고했던 것으로 보인다. 그는 패전을 예견하고 몰래 영어를 공부하던 아버지 유스케와는 달리 '전시 유일한 하버드대학 졸업생'이라는 자신의 이력을 미군정(1945~1952)에 협조하는 데 이용하지 않았다. 오히려 베트남 전쟁이 발발하자 오다 마코토 등과 반전평화운동 '베트남에 평화를! 시민연합ベトナムに平和を! 市民連合', 이른바 '베헤이렌ベ平連'(한국에서는 베평련으로도 불린다)을 이끌며 미국과 대립한다. 미국에 다시 돌아가는 일도 없었다.

스스로를 아나키스트이자 프래그머티스트(실용주의자)로 규정했던 그는 대학이라는 제도권에도 연연하지 않았

다. 1960년 미일 신안보조약 강행 체결에 항의하며 도쿄 공업대학 조교수직을, 1970년 대학 분쟁에 기동대를 투입한 것에 항의하며 도시샤대학 교수직을 스스로 내던진 그는 이후 어떤 정교수직도 맡지 않았다. 그가 대신 지속적인 노력을 쏟은 것은 반전평화운동이었다. 반전시민운동인 '소리 없는 소리의 모임聲なき聲の會', 평화헌법 9조를 지키기 위한 '9조 모임九條の會' 등에 주도적으로 참여했고, 『사상의과학』 천황 특집호의 출판을 발행사인 중앙공론사가 거부하자 이듬해인 1962년부터 사상의과학사思想の科學社를 설립하여 자주 출판을 시작, 잡지가 휴간된 1996년까지 이어갔다.

한국과의 인연도 적지 않다. 1974년, 한국의 시인 김지하가 유신 체제에 저항하다 민청학련 사건에 연루되어 사형을 선고받자 그에 반대하는 일본의 '김지하 모임金芝河の會'에 참여하기도 했고, 1969년부터 한국/조선인 강제수용 시설인 오무라 수용소大村收容所 폐쇄운동을 주도한 잡지 『조선인: 오무라 수용소를 폐지하기 위하여朝鮮人: 大村收容所を廢止するために』의 창간을 돕고 1983년부터는 직접 발행

을 이어받기도 했다. 이 역할은 '재일조선인의 강제송환 장치'로서의 오무라 수용소의 기능이 종료된 1991년까지 지속되었다. 1968년의 한 강연에서 말한 것처럼 '일본 국가가 조선인에게 지난 60년간 가해온 박해와 차별'과 마주하는 것은 그가 주장하는 '시민적 불복종과 국제 연대'를 위한 중요한 과제이기도 했다.

경계에 억압되지 않고 경계 그 자체에 주목하고 머무르는 관점은 다양한 연구 성과로도 축적되었다. 대표적인 것이 1954년 발족한 '전향연구회'의 활동이 집대성된 '전향'에 관한 연구다. 그는 전향을 개개인의 행위로 한정 짓는 대신 20세기 전반기 일본의 사상 체계를 집약적으로 드러내는 일본 엘리트들의 집단적 체험으로 규정함으로써 근대 일본(인) 그 자체의 한계를 비판적으로 탐구하고자 했다. 동시에 그는 '일상생활'과 '대중'에 주목하여 서구로부터 수입되지 않은 일본의 독자적인 문화 연구가 발전할 기틀을 다졌다. 만화에 대한 특별한 애정을 숨기지 않았던 그의 대중문화론은 방송, 만담, 유행가, 여행, 일상생활 등 영역의 제한을 두지 않았다. 1950년대부터 이미 그는 전문적 예술가가 아닌 비전문적 예술가에 의해 만들어져 대중에게 향유되는 '예술과 생활의 경계에 위치하는 영역'에 주목한 '한계예술론限界藝術論'를 발표했다. 1990년대부터 일본에서 유행하기 시작한 '학제적學際的'이라는 방법론이 그에게는 이미 연구 활동을 시작할 때부터 체화된 명확한 감각이자 관점이었다.

그가 여든일곱 살이 되던 2010년에 출간된 이 책은 이와나미출판『도서』에 7년간 연재한 글을 모은 것이다. 앞서 소개한 정치인 가정에 태어나 유학과 전쟁을 거쳐 사상가 및 운동가로 활동한 인생 여정에 대한 기억이 짧은 글들 속에 세세하게 담겨 있다. 하나의 에피소드가 반복해 나타나기도 하는데 같은 기억을 각기 다른 맥락에서 '곱씹고 있다'고 생각하고 읽으면 거슬리기보다는 또 다른 재미를 느낄 수도 있을 것이다.

이 책에는 앞서 말한 것과 같은 쓰루미의 명확한 성향과 기질만이 담겨 있지는 않다. 엄밀히 말해 사실 그는 명확함과는 다소 거리가 있는 사상가였다. 아나키스트이자 프래그머티스트로서 그가 마주해야 했던 전후 일본의 수

많은 모순은 평생 그를 괴롭힌 우울증처럼 그가 안고 살아야 하는 그 자신의 모순이기도 했다. 그는 일본이 일으킨 전쟁의 정당성을 부정했지만 동시에 원자폭탄이라는 미국의 수단을 비판했고, 일본국헌법이 미국 주도로 제정된 것에 회의적이면서도 일본의 재무장을 금지한 제9조(평화헌법)를 옹호했다.

그의 모호함은 '인간'을 향할 때 더욱 극대화된다. 예를 들어 그는 가미카제 특공대에 대해 '지원을 거부하는 것 자체가 허락되지 않는 상황'이었다는 것을 잘 알지만, 그 전쟁이 무의미했다고 해서 소년병들의 죽음까지 '난사難死'(헛된 죽음. 오다 마코토의 「'난사'의 사상難死の思想」에 등장하는 표현)로 규정하는 '잔인한 관점'을 자신은 끝내 가질 수 없다고 털어놓는 사람이었다.

위안부에 대한 인식이 일본의 진보학계에서 크게 비판받은 적도 있다. 일본 페미니즘 연구의 선구자인 사회학자 우에노 지즈코와의 논쟁에서도 그는 전장에 내몰린 18~19세의 소년병들과 그들을 측은해하는 중년의 일본인 위안부(일본인 위안부를 가리키는 것인지에 대해서는 논쟁 중에서도 거듭 확인되었다) 사이에 사랑이 존재했을 것이라고 믿는다고 말했다. 강요된 권력관계 속에서 여성들이 가지는 감정을 어떻게 사랑이라고 할 수 있느냐는 우에노 지즈코의 비판에 그는 '위안소는 일본 국가에서 여성에게 가한 굴욕의 공간이었다'고 하면서도 '그럼에도 불구하고 사랑과 피해는 양립할 수도 있다'는 생각을 끝까지 굽히지 않았다.

어쩌면 가미카제 특공대나 위안부에 대한 부분을 소개하자마자 이 책을 덮고 싶어진 독자들이 있을지도 모르겠다. 본문에서도 이따금 이러한 모호한 인식과 감정이 드러나는데, 실제로 번역 작업을 진행하면서 그 부분이 일본에서의 위상에 비해 그가 한국에 적게 알려진 이유일 수 있겠다는 어림짐작을 하기도 했다. 그럼에도 이 책을 한국의 독자들에게 소개하는 것은 팔십 살이 넘은 그가 곱씹고 있는 것이 미국과 일본, 전쟁과 평화, 국가폭력과 저항, 가해자와 피해자, 국민과 대중 사이에서 그와 일본 사회가 끌어안고 살았던 모순과 갈등 그 자체라고 생각했기 때문이다.

쓰루미 슌스케는 일본이 일으킨 전쟁에 반대하여 체포되지 않았던 것에 대해 고개를 들지 못할 만큼의 부끄러움을 느낀 사람이었고 하버드대학 졸업장의 영예보다 영어를 구사할 수 있는 것 자체를 수치스럽게 여긴 사람이었다. 그런 예민함을 지닌 그의 삶과 고민을 통해 '한류 대 혐한' '친일 대 반일' '친미 대 반미'와 같은 이분법적인 틀로는 보이지 않는 일본 사회에 대한 통찰과 민주화 이후 40여 년간 변화를 거듭해온 한일 관계에 대한 질문, 국가에 복속되지 않는 시민 연대의 감각이 새롭게 도출되기를 바란다. 혹시 잘못 번역된 부분이 있다면 그 책임은 모두 옮긴이의 몫이다.

끝으로 이 책을 펴낼 수 있게 도와주신 글항아리 강성민 대표님, 노만수 선생님, 김지수 편집자님, 그리고 한국의 가족과 친구들에게 감사의 마음을 전한다.

2024년 2월 29일

김성민

鶴見俊輔(1976)『轉向研究』筑摩書房.

鶴見俊輔(1991)『戰後日本の大衆文化論 一九四五-一九八〇年』岩波書店,

鶴見俊輔(1999)『限界藝術論』ちくま學藝文庫.

鶴見俊輔·上野千鶴子·小熊英二(2004)『戰争が遺したもの 鶴見俊輔に戰後世代が聞く』新曜社.

요네타니 마사후미(2019)「전후 일본에서 식민주의 비판 생성: 쓰루미 슌스케鶴見俊輔와 스즈키 미치히코鈴木道彦의 경우」『일본비평』, 제27호, pp. 48~75.

전쟁의 소문 속에 살았다

초판 인쇄 2024년 3월 21일
초판 발행 2024년 3월 28일

지은이 쓰루미 슌스케
옮긴이 김성민
펴낸이 강성민
편집장 이은혜
기획 노만수
편집 김지수 김소원
마케팅 정민호 박치우 한민아 이민경 박진희 정유선 황승현
브랜딩 함유지 함근아 고보미 박민재 김희숙 박다솔 조다현 정승민 배진성
제작 강신은 김동욱 이순호

펴낸곳 (주)글항아리 출판등록 2009년 1월 19일 제406-2009-000002호
주소 10881 경기도 파주시 심학산로 10 3층
전자우편 bookpot@hanmail.net
전화번호 031-955-2689(마케팅) 031-941-5158(편집부)
팩스 031-941-5163

ISBN 979-11-6909-214-2 03830

geulhangari.com